庶務行員

多《た》加《か》賀《が》主水《もんど》が泣いている

江上 剛

祥伝社文庫

目次

第一章　行員の死　5
第二章　悪徳政治家　52
第三章　貧困　103
第四章　不倫疑惑　153
第五章　内部告発者の悲しみ　198
第六章　悪い奴は誰だ？　244

第一章　行員の死

1

多加賀主水《たかがもんど》の日常は平和に過ぎていた。

「いらっしゃいませ」

「おはようございます」

主水はロビーに立ち、次々とやってくる客に挨拶《あいさつ》をし、用件を聞いて、窓口に案内したり、記帳台で伝票の書き方を教えたりする。

第七明和《だいななめいわ》銀行高田《たかだ》通り支店の庶務行員《しょむこういん》としての働きぶりもずいぶん板についてきたと、我がことながら感心する主水だった。

ひょんなきっかけから、主水はこの職を得た。当初は、長く勤務する気はなかった。頼まれた任務が終われば、辞《や》めるつもりだった。そもそも堅苦しい銀行勤務など、自分に向いているはずがないと思っていたのだ。

ところが自身でも意外なことに、頼まれた任務が片付いても、主水は庶務行員を辞めないでいる。

これという確たる理由は思いつかないが、一つだけ挙《あ》げるならば、人から認められ、人に頼られるということが、五十代半《なか》ばになって急に新鮮に感じられたからではないだろうかと思う。

庶務行員として支店の掃除をしたり、ロビーで客の案内をしたりする。他人から見れば、誰にでもできそうな簡単な仕事で、さほど敬意を払ってもらえるとは思えない。

しかし、主水が掃除をしていると、行員や街の人が自然と寄ってきて「いつも綺麗《きれい》にしてくださってありがとうございます」と声をかけてくれる。

夏の暑い日に「これをどうぞ」とペットボトルの冷たい麦茶を差し入れられたりすると、たまらなく嬉《うれ》しくなってしまう。

また、ロビーで老人客に振込伝票の書き方を教えてあげると、決まって「ありがとうございます」と頭を下げられる。

このようなほんの小さな触れあいが、なんだかとても心地《ここち》いいのだ。

どういうわけか、この歳になるまで極力、人との関わりを避けてきた。ところがこの職に就《つ》いてからは、否《いや》が応《おう》でも人と関わらざるをえない。そのうちに人に認められ、頼られるということがいかに心地よく、生きがいになるかということが、主水にも分かってきたのである。

「人は一人では生きていけない」

と誰かが言っていた。が、

「一人でも生きていくことはできるが、一人で生きていくことはお薦《すす》めしない」

というのが、今の主水の心境だ。


「主水さん、おはようございます」

一人の老女が、支店の入り口で主水に挨拶をした。

「畑中《はたなか》さん、おはようございます。いつもお元気で、よろしいですね」

畑中弥生《やよい》――高田通り支店の優良顧客《こきやく》の一人だ。以前、振り込め詐欺《さぎ》に遭《あ》いそうになったところを主水たちで助けたことがあった。それ以来、弥生は大変な主水ファンになっている。

「これね」弥生がスーパーのビニール袋を掲《かか》げた。「実家の畑で育てたトウモロコシなんだけど、食べてみてよ。今年は雨が多くて、あまり上手にできなかったけどね。ゆがけば甘いから」

主水はビニール袋を受け取った。中を見ると、緑の皮に包まれた太いトウモロコシが何本も入っている。

「これはこれは」主水は顔をほころばす。「みんなでお昼にいただきます。ありがとうございます」

「主水さんに食べてもらうと、トウモロコシも本望だろうよ。私も若けりゃ、主水さんに食べてもらいたいくらいだからね」

弥生はにやりと意味深な笑いを浮かべる。

「いやぁ、朝から元気ですね。それで今日のご用件は？」

「定期の書き換えをね」

「それでは一番窓口ですね。これを持って少しお待ちください」

主水は、発券機から番号札を取り出し、弥生に渡した。一番窓口には生野香《しょうのか》織《おり》が座っている。

「香織さん、お願いね。それからこれは畑中さんからいただいたトウモロコシ。茹《ゆ》でて、お昼に皆さんで食べましょう」

主水はトウモロコシの入った袋を香織に見せた。あとで自ら茹でるつもりである。

「美味《おい》しいと思うけどね」

弥生が椅子に座りながら言う。

「わあ、嬉《うれ》しい。トウモロコシ、大好きです」

袋の中を覗《のぞ》いた香織の顔が笑みでいっぱいになる。香織は、高田通り支店の看板娘だ。彼女の笑顔には誰もが癒《いや》される。

主水は、弥生を香織に引き継ぐと、再びロビーに戻った。トウモロコシの袋は営業室の片隅に置く。

「おう」

主水がロビーに戻って間もなく、少し猫背《ねこぜ》になりながら右手を挙げて入ってきたのは、高田署刑事の木村健《きむらけん》だった。黒のスーツ姿で、不愛想《ぶあいそう》な顔は市民の味方の警察官というより、市民を威圧《いあつ》する番兵といったオーラを発している。

「珍しいですね。木村さん、なにか？」

主水は、にこやかな笑みで木村を出迎えた。

「銀行に来たってことは、預金口座を作るしかねぇじゃないのさ」

木村がぶすっと言う。

「口座、作って下さるのですか。それはありがたい」

「いやぁね」木村は照れたような顔で「競馬でさ。ちょっと当てたんだよ。一〇万円……」

「それはすごいじゃないですか」

「それでさ、持っているとすぐに使っちゃうからさ、預金しておこうって思ったのさ。将来のためにね」

木村が頭を掻《か》く。

「それはいいことです。木村さんは独身でしたよね。いよいよ身を固める気になったのですか」

主水は、ちらりと定期預金の窓口を見た。木村が当然、定期預金を望んでいると思ったからだ。

香織は、弥生と話し込んでいる。

その隣にもう一つ、定期預金や新規口座を受け付ける窓口があるが、担当者がいなかった。

さてどうしたものかと見渡せば、事務課長の難波《なんば》俊樹《としき》が鼻毛を抜いて、本数を数えているのが目に入った。

主水は木村に番号札を渡し「ちょっとここで待っていてください」とソファに座るように促《うなが》した。

「主水さん、定期預金って今、金利はどれくらいなんだよ。五％くらいつくのか」

木村が聞く。

「うっ」言葉に詰まった主水は、眉根《まゆね》をぐっと寄せた。

「どうしたんだね。そんな渋い顔になって」

木村が戸惑《とまど》いの表情になる。

主水は、木村が一切《いっさい》、経済ニュースを見ていないのではないかと驚いた。定期預金の金利が五％なんて、いったいいつの時代の話だ。主水は恐ろしささえ覚えた。

「木村さん、今はマイナス金利の時代ですよ。五％なんてつきません」

主水は申し訳なさそうに答えた。

「ああ、そうか。マイナス金利って聞いたことはあるぞ。預金をしたら、金利を取られるんだな。許せんなぁ。でもそれは庶民には関係ない話なんだろ。定期預金の金利は今、どれくらいなんだ」

「……〇・〇一％ですよ」

主水が苦虫を噛《か》み潰《つぶ》したような顔を俯《うつむ》けると、木村の表情が固まった。口をぽかんと開けている。彼は、今まで銀行に新規の口座を作ったり、定期預金をしたりしたことがないのだろうか。まさか、給与振り込み用の口座を持っているだけなのだろうか。

「〇・〇一％……。なんやて？　一〇万円預けたら、一年間で利息はいくらつくんや」

木村の表情が、にわかに曇《くも》る。

「一〇円です」

覚悟を決めた主水は、はっきりと伝えた。

「なんやて？　もう一回言うてんか」

「……一〇円」

主水の声が、次第《しだい》に細くなっていく。

「一〇円……。今時、一〇円なんかもろても子供も喜ばんで。今、コンビニで四角いチョコも一〇円では買えんやろ。馬鹿にせんといてや。主水さん、そりゃ、あかんで。もっと金利、つけてぇな。頼むわぁ」

木村の口調が、いつしかベタな関西弁になっていた。木村は、たしか新潟県出身ではなかったか。

「すみませんね」

自分が悪い訳でもないが、主水には謝るほか選択肢がない。

その場から逃れるように離れた主水は、窓口の内側にいる難波に声をかけた。

「難波課長、ちょっとよろしいですか？　お客様です」

「うん？」

難波が眠そうな顔を上げる。鼻の穴に指が入ったままだ。

「こちらの木村さんが、口座の新約を希望されています」

主水の背後から、木村がぬうと顔を出した。どう見ても銀行強盗だ。

「は、はい」

難波は鼻の穴から指を抜くと、立ち上がった。

その時、主水の背後で携帯電話が鳴った。振り向くと、木村が腰からストラップで結ばれたスマートフォンを耳に当てていた。

最初は面倒臭そうだった木村の目つきが、徐々に厳しいものに変わっていった。

「はい、分かった。すぐ行く」

木村は、スマートフォンをスーツのポケットに入れた。

「主水さん、行くよ」

木村が深刻な顔で告げた。

「えっ、口座はどうするのですか?」

主水には何が起きたのか分からなかった。

「そんなものはいい。一緒に来て」

木村が主水の手を摑《つか》む。

「木村さん、口座は作らなくていいんですか」

窓口に座った難波が困惑《こんわく》した。

木村は、周囲を見回す。怖いほどに緊張した顔つきだった。

「いいかぁ」と木村は体を少しかがめた。「耳を貸せ」主水と難波に命じる。二人は言われるままに木村に耳を近づけた。

「この支店の行員、樋口一郎《ひぐちいちろう》が死んでいるんだ。高田町稲荷《たかだちょういなり》でな。自殺か、他殺かは不明だが」

木村が周囲に聞こえないように小声で言った。

「えーっ」

難波が悲鳴を上げた。香織が驚いてこちらを振り向く。手続きをしていた弥生も目を丸くしている。

「大きな声を出すな」

木村が、難波の頭を拳《こぶし》でこつんと叩《たた》いた。

「さあ、主水さん、行くぞ。あんたにも手伝ってもらうことになるから」

体を起こした木村が、主水の腕をぐいっと引く。

「難波課長、後はよろしく」

主水は、木村に引っ張られるまま支店を飛び出した。

2

主水が木村と共に高田町稲荷神社に到着すると、周囲は騒然としていた。数台のパトカーに加え、救急車も来ていた。神社の石段には規制線が張られ、警察官が立ち番をしている。何事かと多くの野次馬《やじうま》が集まっていた。

「おっ、ご苦労さん」

木村は警察官に挨拶をする。

警察官が「はっ」と直立し、敬礼をした。

木村は規制線を持ち上げると「主水さん、入ってくれ」と促《うなが》した。

主水はがっしりとした体をかがめ、規制線をくぐる。主水を通すと、木村もその後に続いた。

石段を上る。

ここに来るまでの道中、主水は樋口一郎の顔を思い浮かべ、どんな人物だったかを思い出そうとしていた。

樋口は、物静かな男だ。ありていに言えば、目立たないということ。営業一課の課員で、笹野《ささの》仁《ひとし》課長の下で貸出金の営業などを担当している。

去年、川口《かわぐち》支店から転勤してきたと記憶している。真面目《まじめ》で、挨拶もきちんとするが、どこか打ち解《と》けない雰囲気を持っていた。

いったいなぜここで死んだのだろうか。わざわざ高田町稲荷で死ぬ意味があったのだろうか。

それに、納得できないことがある。

主水は今朝七時、支店に出勤する前にここに参拝した。それは稲荷像が壊された事件以来、毎日欠かすことのない主水の習慣である。

「木村さん、私、今朝の七時にここに来ましたよ。でもその時は、何もなかったです」

木村が振り向いた。「ん？　すると、主水さん、容疑者かな」

「馬鹿なことを言わないでくださいよ」

主水は眉根《まゆね》を寄せた。

二人が言い合いながら石段を上りきると、目の前に本殿が現われた。

「あれ？」

本殿の前には、警察官の姿がまばらにしか見当たらなかった。事件現場特有の緊張感も漂《ただよ》っていない。

「主水さん、仏《ホトケ》は、あの本殿の裏の森にいるんだ」

「森の中に……」

高田町稲荷は、本殿の後ろに狭いながらも鎮守《ちんじゅ》の森がある。樹齢数百年の杉の木が数本、空高く伸び、その威容《いよう》を本殿の屋根の背後から覗かせているのである。

森には、杉の他に欅《けやき》などの広葉樹が茂っている。その下には灌木《かんぼく》の茂みがあり、細い土道が奥に続いている。道の先には小さな池があり、真ん中の島には鳥居《とりい》と社《やしろ》がある。

この森に足を踏み入れる人はほとんどいない。たいていの人は、表の本殿で参拝を済ませてしまう。

森の奥まで足を踏み入れるとしたら、蟬取《せみと》りで遊ぶ夏休み中の子供くらいではなかろうか。

夏でも涼しい場所なので、もう少し人が歩いていてもいいようなものだが、鎮守の森というのは神域《しんいき》であり、どこか神々《こうごう》しい空気が漂っている。むやみやたらと中に踏み入るものではないと、威厳《いげん》に押し返されてしまうのである。だから主水も滅多《めった》に奥へは行かない。

「樋口は首を吊《つ》っていたらしい。あの森の木の枝にぶら下がっていたんだ」

木村は森を指さした。

神妙な心持ちになった主水は何も答えずに、木村の後に続いて森の中に入った。

静謐《せいひつ》な神域であるはずの鎮守の森で、多くの警察官が忙しく動きまわっていた。鬱蒼《うっそう》と茂る木々も、いつもと違う様子であることに戸惑《とまど》っているかのように、ざわざわと風に葉を揺らしている。

奥に続く細い道のすぐ脇に、ひときわ人だかりのできている場所がある。あれが事件現場なのだろうか。

「主水さん、仏さんを見てくれるか？　免許証から身元が割れて、そこからお宅の銀行に勤務していることが判明したんだ」

木村が暗い表情で呟《つぶや》いた。

主水は頷《うなず》く。

職を転々としてきた主水は、今までいろいろな場面に立ち会ってきた。危ない橋を渡った経験も一度や二度ではない。交通事故など、死体と直接対峙《たいじ》することもあった。しかし、首吊りで亡くなった者を見るのは初めてだ。

警察官たちが道を開けた。木村に先導されて、主水は道を進んでいく。目の前に、白い布で覆《おお》われた人体のようなものが横たわっている。

木村の傍《そば》に別の刑事が近づいてきて、何事かを耳打ちした。

「あの木の枝にぶら下がっていたらしい」

木村の指さした先に、幹《みき》から真っ直ぐ横に張り出した太い枝が見えた。広葉樹だ。欅だろうか。あの枝なら成人男子がぶら下がっても折れることはないだろう。

木村がしゃがみ込み、顔の部分を覆った白い布を剝《は》がした。

主水は木村の肩越しに遺体を覗き見た。間違いなく樋口だ。目を閉じて眠っているように見える。これといって特徴のある顔ではないが、四角い顔に丸く大きな鼻には見覚えがある。

「樋口に間違いないか」

木村が聞いた。

「間違いないです」

主水は答え、唇を噛《か》みしめた。

「ここに」と木村は、手袋を嵌《は》めた手で樋口の頭を傾《かたむ》けた。首の部分に濃い紫色とも褐色《かっしょく》ともつかない筋がある。「ここに見えるのが首を吊った時の索条痕《さくじょうこん》だ。傷を縊痕《いっこん》、ロープによってつけられたくぼみを縊溝《いっこう》ともいうがね」

「ロープで首を吊ったのですか」

「洗濯用によく使われるのと同じロープだ。ロープが割と細かったので、縊溝が深い。ロープは、今、鑑識に回っている」

「首を吊ったのは間違いないのですね」

首を絞められて吊るされたという可能性はないのか。

「縊溝が、この喉仏《のどぼとけ》の上から、耳の方向に見えるだろう。これは典型的な首吊りだな」

「じゃあ、犯罪性はなく自殺？」

主水は樋口の遺体を見つめた。

「まだはっきりはしていないが……」木村は「おい、あれを持ってこい」と近くにいた警察官に指示した。

「何かあるんですか？」

「樋口の首に、奇妙なものがぶら下がっていたそうだ」

警察官が、一枚の段ボール板を木村に手渡した。五〇センチ角程度の大きさである。

「これを見てくれ」

段ボール板の二つの角にはビニール紐が通され、輪状になっている。

「『私は悪い人間です』……木村さん、これは？」

段ボール板の表面に一枚の紙がでかでかと貼り付けられていた。パソコンでプリントしたと思われる活字で「私は悪い人間です」とある。

「遺書ってことになるのかねぇ」

「さてね？」木村は首を傾《かし》げた。「遺書ってことになるのかねぇ」

「遺書っていうのは、ちゃんと便箋《びんせん》に書くんじゃないですか」

主水は、その文字にもう一度、目を遣《や》った。

「まぁな。こんな遺書もありかな。俺は初めてだけど……」

木村も首を捻《ひね》った。

「どういう意味でしょうか」

主水は、樋口の遺体を改めて見た。すでに白い布で覆われている。

「俺にも分からない。仏さんに聞いてみるしかないが、何か自分を責めるところがあったのかね」

「木村さん」主水は木村の目をしっかと見つめた。「自殺する人間が、わざわざ段ボール板を首からぶら下げるでしょうか。こんなものを準備している間に、自殺を思いとどまるのではないですか」

――かつて主水には、身近に自殺者を出した経験がある。

親しくしていた友人が仕事で失敗し、妻にも逃げられたというので、慰《なぐさ》めながら一緒に飲んだ。今から八年ほど前のことだ。

友人は、主水の慰めに素直に耳を傾《かたむ》け、酒を飲み、たらふくツマミを食べた。

「ありがとう、もう大丈夫だ」

と、友人は笑顔で帰宅した。主水も、

「まあ、人生いろいろだ、いいこともあるさ」

と軽く言い、気分よく別れたのである。

ところが翌日の早朝、友人は自宅で首を吊って自殺してしまった。主水は大きなショックを受けた。友人の楽しそうに飲む姿からは、自殺の兆候《ちょうこう》など全く読み取ることができなかったからである。

主水は、自分の不明を今でも悔やんでいる。あの夜、少しでも自殺の懸念《けねん》を感じていれば、何らかの対策を講じることができたはずだった。

「死んだ奴に聞くわけにいかないから、調べるしかないな。樋口が殺されるような理由があれば他殺かもしれない。が、何もなければ、変わった状況だが自殺で処理される可能性が高い。主水さん、何か思い当たることはあるかい？」

いつもの気さくな様子とは打って変わって、木村は主水の表情を読むような目つきになった。

「全くありません。彼は、あまり目立たない人でした。物静かでね」

主水は、樋口に関してもう一度思い出すことはないか記憶を探り、声を上げた。

「あっ」

「なにかあるの?」

「たいしたことじゃないんですが、一度だけ、樋口さんがぼんやりと神田川《かんだがわ》の橋に立っているのを見たことがあります」

「一人で……」

「ええ。樋口さんは営業の途中か何かだったのだろうと思います。鞄《かばん》を提《さ》げていましたから。場所は、落合辺《おちあいあた》りです」

「声をかけた?」

「ええ。『樋口さん、お疲れさま』って……。傍を通る時に」

「樋口はなんて?」

「ちょっと驚いたようで、しばらく返事もありませんでした。何やら遠くを見ている様子だったので『何か見ていたんですか』って訊《たず》ねると——」

「なんて答えたの?」

「『世の中、うまく立ち回る奴が甘い汁を吸うんですね』と。何を見ていたかは口にしませんでした」

『世の中、うまく立ち回る奴が甘い汁を吸うんですね』か……。そこから主水さん、何か、見えたのかい？」

木村の問いに、主水はその時の状況を思い浮かべた。

神田川にかかる橋。そこに立つ樋口。偶然、通りかかった主水。一言、二言、言葉を交わす。生気のない樋口の表情が気になって、何を見ているのかと問いかける。主水は樋口の視線の先に顔を向ける。高層マンションの建設現場が視界に入った……。

「マンションの建設現場が見えましたね」

「マンションねぇ」

木村は首を傾《かし》げた。

「私は、この状況を急いで銀行に報告します」

主水が急いで踵《きびす》を返そうとした。

「警察の方から、銀行には連絡が行っていると思う」

木村は、樋口の遺体に手を合わせた。

3

樋口の葬儀は終わった。二十九年の短い人生を悼《いた》むには悲しいほど寂《さび》しいものだった。

葬儀の席で明らかになったのは、樋口が孤児院で育ったということだった。葬儀には、養父と名乗る男が現われた。男――樋口耕太郎《こうたろう》は六十過ぎで、今は無職だという。

「昔は、これでも大手建設会社にいたのですが」

と話していたが、主水には確認のしようがない。

「一郎が第七銀行に就職する際、身元保証人として養父になっただけで、一郎の過去については一切《いっさい》、関知していません。彼が就職してからは会ってもいない……」

耕太郎はしかし、一郎から毎月三万円の送金を受けていたという。

「私への謝礼のつもりだったんでしょうね」と耕太郎は寂しそうに笑った。

遺体の引き取りから葬儀の手配などは、銀行が全て仕切った。しかし遺骨だけは、銀行にはどうしようもない。耕太郎が「私がきちんと埋葬《まいそう》します」と引き取ったが、実際のところは分からない。

墓がなく、適当なところに埋葬しようものなら違法になるから、海にでも散骨するつもりなのだろうか。

樋口が死んだ直後、支店長の古谷伸太《ふるやしんた》はパニックに陥《おちい》ったが、今では落ち着きを取り戻している。

警察による行員への事情聴取も行なわれたが、結局、自殺という結論になったのである。

虐《いじ》めやパワハラはなく、また自殺する動機も誰にも思いつかなかった。同様に誰かに恨まれ、殺される理由もない。要するに謎だらけ……。

――樋口は大人しく、真面目で、あまり打ち解けた感じはありませんでしたから、ちょっと何を考えているかまでは分かりませんでした。自殺するような悩みも殺されるほど、恨まれることもあるとは思いません。仕事はきちんとこなしていました。

営業一課長の笹野の評価が、全てを言い表わしているようだった。

「主水さん」

一ヵ月後、木村がロビーに現われた。

「いらっしゃい」

笑みを浮かべて迎える主水に対し、木村は浮かない表情だ。

「今日はなんの用件ですか？」

「樋口が死んでから、一月経《た》ったな。あの時、口座を作り損《そこ》ねたから、今日、作ろうと思ってな」

「それはありがとうございます。ちょうど香織さんの窓口が空《あ》いていますから、どうぞこちらへ」

主水は木村を先導して、香織の窓口へ案内した。

「木村さん、いらっしゃいませ」

香織が明るい声で木村を迎えた。

椅子に座った木村は、ポケットから封筒に入れた口座新約の資金と印鑑を取り出し、カウンターに置いた。

「なあ、主水さんよぉ」

香織が差し出した伝票に必要事項を記入しながら、木村が切り出す。

「はい、なんでしょうか？」

「樋口の件だけどさ」

「一ヵ月……何だかあっという間でしたね」

主水は当たり障《さわ》りのない返事をした。

「俺は、どうも納得がいかないんだ。主水さんはどうなのさ」

不意に木村が顔を上げ、主水を見た。目の前に座る香織が驚いた顔をする。

「納得がいかないってどういうことですか」香織が聞く。「ああ、そこには住所を書いてください」

「面倒だなぁ」

伝票に視線を落とした木村が顔をしかめる。

「銀行の口座、持っていないんですか？」

香織が不思議そうに聞く。

「持っているけどさ。給与が入るやつだろ。なんだか大昔に作ったきりだよ」

木村はさらさらとボールペンを動かして伝票に必要事項を記入する。意外と、達筆だ。

「私も、どうもひっかかっています」

主水は、木村が伝票を書き終えるのを待って、口を開いた。

「そうだろ？　俺もさ、あの首からかけていた段ボール板が気になっているのさ。何のメッセージだったのかってね」

「『私は悪い人間です』って言葉ですね。何を言いたかったのでしょうかねぇ」

「うちの警察《カイシヤ》は予想通り自殺で片付けたが、俺は独自で調べてみようと思っているんだ。もしも誰かがあのメッセージで樋口のことを悪い人間だと断罪しているのだとしたら……。主水さんも一緒にどうだい？」

木村が誘いをかける。

「私が……ですか？」

思わぬ提案に、主水は気持ちを動かされた。樋口の死の謎を解きたいと思いつつも、なんだか面倒なことに巻き込まれそうな嫌な予感がした。

「主水さん」

香織が主水を見つめ、呼び掛ける。その目が輝いていた。

「なに？　香織さん」

「後ろ」香織が指さす。主水が振り返ると、そこには椿原美由紀《つばきはらみゆき》が立っていた。

「あれ？　どうしたの？」

驚いた主水は目を瞬《しばたた》かせる。どうして本店企画部の美由紀が、ここにいるのだ。

「おっ、美由紀ちゃん。久しぶり。相変わらず美人だね」

木村が目を細めた。

「ありがとうございます。でも、なにも出ませんよ」美由紀は軽くいなす。「主水さん、新田《にった》室長からの頼みごとです」

新田宏治《こうじ》は、高田通り支店の前支店長だ。今は本店の秘書室長として、頭取の吉川栄《よしかわさかえ》に仕《つか》えている。

「新田さんから？」

主水の問いかけに、美由紀は真剣な表情で頷いた。

「あちらでお話をしませんか？」

美由紀が、ロビーの隅の応接ブースを指さした。幸《さいわ》い、先客はいないようだ。

「私も行く」

香織が席を立った。

「俺も行くわ」

木村も立ち上がる。

「口座はどうするのですか？」

すたすたと歩き出す木村に、主水が尋《たず》ねた。

「また後で。ねっ、香織ちゃん」

「はい、いつでも」

香織はにこやかに答える。

「もう、仕方がないですね」主水は顔をしかめ、木村の後に続いた。

「難波課長、ちょっと相談事です。窓口、お願いします」

カウンターを出る前に、香織は難波の席に行き、窓口業務の交代を頼んだ。

「えっ、なに？　私に東京タワーから飛び降りろって言うんですか」

居眠りをしていた難波が、意味不明なことを口にする。

「課長、しっかりしてください。誰もそんなことは言っていません」

香織は、難波の机を力強くドンと叩いた。

＊

美由紀の口から伝えられた新田の依頼は、なんとも奇妙なものだった。

――樋口一郎の死の真相を調査して欲しい。

なぜ新田がこの事件に関心を持つのかという問いには、美由紀は首を傾《かし》げるばかりだった。

「いいじゃないか。会社の依頼だから好きに動けるぜ。手当は出るんだろうな」と木村は乗り気だ。

手当といえば、目の前にいる香織たちに銀行を改革するための任務を課され、雇われていた間、主水は別途、報酬《ほうしゅう》を受け取っていた。が、銀行の人心一新が成った今は、銀行規定の給料だけだ。

報酬などにこだわる主水ではないが、依頼の理由くらいははっきりさせて欲しいと感じた。こっちは新田の道具ではないのだ。

「『理由がはっきりしない依頼は受けられない』と新田さんに返事しておいてくれませんか」

主水が告げると「ダメなんですか」と美由紀の美しい顔が歪《ゆが》んだ。「私も新田室長に申し上げたんです。『理由を説明しないと、主水さんは受けてくださいませんよ』ってね」

「では、そういうことで、お断わりをお願いします」

「新田室長も、実は心底《しんそこ》困っておられるのです。なんでも、吉川頭取たっての指令で、真相を調べて欲しいと言われたんだそうです。吉川頭取も、ものすごく困った顔をされていたんだとか。私も何か、第七明和銀行の闇を感じるのです。樋口さんの死には……」

美由紀は、ぐいっと主水に顔を近づけた。

「第七明和銀行の闇……」香織が呟いた。「うーん、なんだかゾクゾクしてくるわ。主水さん、やりましょうよ。手当は新田室長から、なんとかせしめますから」

「手当なんていいですがね……」

主水は憂鬱《ゆううつ》そうに目を伏せた。

「調べる価値はありそうだな」

木村が腕組みをして呟く。

「頭取が自ら『調べて欲しい』とはねぇ。お世話になっている銀行のためになるなら、仕方がないです」

主水は渋い表情になった。

「主水さん、俺も協力するぜ」

木村が勢い込んだ。

「でもどうして頭取が、樋口さんの死に関心を持つのかしらね」

香織が当然の疑問を口にした。

「それを今から調べるんでしょう。私たちで。まだまだこの銀行には問題が多いんだから」

美由紀が語気を強めた。

主水は、改めて香織と美由紀の二人を見つめた。自分からすれば娘のような女性たちだ。しかし、この二人は第七明和銀行を心から愛している。おそらく経営者たちよりも愛しているだろう。その愛の源泉はどこにあるのだろうか。おそらくそれは「銀行を通じて世の中に貢献したい」という純粋さだ。主水は、二人の純粋さにほだされて仕事をこなしていると言っても過言ではない。今回も、この依頼を引き受けるのは、二人の第七明和銀行愛にほだされてのことになるのだろう。

「でも……」香織は首を大きく傾けた。「美由紀も知っている通り、樋口さんて大人しくて静かで、存在感が希薄な人だったでしょう。そんな人が自殺……、ましてや殺されるだなんて、そんな理由は想像もつかないわね」

「そうよね。私にも想像がつかない。頭取までもが気にしているって。どうしてなの？　って感じね」

美由紀も不思議がった。

「樋口に親しい友達はいたのか」

木村の質問に、香織が悲しそうに首を横に振る。

「奴と子供の頃の思い出を話したり、奴のことを好きで付き合ったりした女の子はいないのか」

木村の苛立《いらだ》ちが募《つの》る一方、香織は一層、暗い顔で首を横に振る。

「くそっ、なんて奴だ」

木村が吐き捨てた。

「樋口さんの経歴は分かりますか？」

気が立った木村を制するように、主水は努めて冷静に、美由紀に聞いた。

「人事部で確認したけど、履歴《りれき》には、現住所や出身大学しか書かれていないの。今は個人情報保護とかいろいろ難しいから、ほとんど経歴は書かないのね。大学は明成《めいせい》大学政治経済学部政治学科。東京六大学の一つ」

さすがは本店企画部勤務、美由紀はすらすらと答えた。

「そうですか」主水は葬儀の時に見た樋口の養父だと名乗る樋口耕太郎の、やや落ちぶれた姿を思い出した。「彼は孤児だったようですね。それで明成大学という名門私立を卒業して、旧第七銀行に入行した。これだけでも大変な苦労をしたのではないかと思いますが、あの時、養父の樋口耕太郎氏は、就職のために名前を貸しただけで、その後は会っていない、三万円の定期報酬をもらっていたと言っていましたね」

「奇妙な話ね」

香織が暗い表情で主水を見やった。

「本当に奇妙です。樋口一郎という名前も、本当の名前ではないかもしれませんね」

主水が呟く。

「なんとなく樋口一葉《いちよう》っていう薄幸の女流作家に似てるじゃないか」

木村が顔をしかめた。

「木村さんから樋口一葉の名前が出るなんて、驚き。教養深っ！」

からかうように香織が笑った。

「馬鹿にすんない！」

木村が顎《あご》を反《そ》らし、いわゆるドヤ顔をした。

「木村さんの言う通り、樋口一葉から取った偽名かもしれませんね」

主水は小さく頷いた。

「樋口さんって存在感が薄かったって言ったけど、幽霊みたい……」

美由紀が、恐怖を感じたかのように肩をすくめた。

「幽霊の正体見たり枯《か》れ尾花《おばな》」

木村が、眉根を寄せてひとりごちた。

4

樋口はまさに幽霊だった。主水は木村らの協力を得て、樋口の素性《すじよう》を調べてみたのだが、今のところ、両親、本籍など基本的な情報すら得ることができていない。

どこで生まれ、どこで育ち、何を考えていたのか、さっぱり情報が集まらないのである。

どこから手を付けていいのか分からない。新田から申し渡された調査期限は

「然《しか》るべく」だから、急ぐとも急がないとも分からない。しかし頭取直々《じきじき》の依頼だとすると、急ぐに決まっている。一方、木村は樋口が育った孤児院をなんとか突き止めようと頑張ってくれている。今のところは、それに期待するしかないだろう。

「すみません」

背後から声をかけられた。

慌てて振り向くと、若い男が立っていた。夏も終わり、秋めいてきたというのにTシャツ姿だ。色落ちしたジーンズを穿《は》いているが、意図的にダメージを与えたものか、古びてしまったのか、主水には判断できない。

「いらっしゃいませ。ご用件は何でしょうか」

主水は若者が相手だろうと丁寧《ていねい》に挨拶をする。

「樋口さん、いる？　樋口一郎さん」

男は興奮気味にまくし立てた。

「樋口ですか？」主水は訝《いぶか》しげに男を見つめた。「どのようなご用件でしょうか」

「用件も何もないよ。樋口さんに会わせてよ」

男は一方的に怒っている。

「はあ……」主水は困惑した。幸いロビーには客がいない。もし男が大声を出しても、冷静に対処できるだろう。

「会えないの？　僕、困っているんだ。騙《だま》されたんじゃないかってね」

騙された？　ちょっと尋常《じんじょう》じゃない。

「あのう、申し訳ございませんが、樋口はおりません」

主水は男に小さく頭を下げた。

「いない？　どうして？　転勤したの？　どこに行ったの？」

男が主水に詰め寄ってくる。

「亡くなりました」

主水は、後じさりしながら答えた。

男の表情が固まった。目を見開き、口を半開きにしている。

「亡くなったのです」

主水はもう一度言った。

男は、その場にくずおれた。床に膝《ひざ》を突いて両手を力なくだらりと落とし、主水を見上げる。その目は虚《うつ》ろだった。

「どうして……。いつ……」

今にも息が切れそうな弱々しげな声で、男は言った。

主水は男の両脇に自分の腕を差し込み、男の体を持ち上げた。

「一月余り前になります」主水は男をソファに座らせた。「ご気分はどうですか？」

「そうですか」

男は両手で頭を抱え、体をかがめた。

「失礼ですが、ご友人の方でしょうか」

主水の問いに、男は目を吊り上げ、「友人じゃない。騙されたんだ」と鋭《するど》く詰め寄った。「支店長に会わせてよ」

主水は悩んだ。事情が分からないまま、古谷に会わせるわけにはいかない。

「私ではいけないでしょうか？　お話をお伺いします」

「あなたが？」男は胡散臭《うさんくさ》そうな表情で主水を見る。

主水は接客用の紺のスラックスに、同色のジャケットを着用している。外の掃除をする時のような水色の作業服ではない。

「あなた、行員さんなの？　随分《ずいぶん》、歳食っている感じがするけど」

「庶務行員の多加賀主水と申します。第七明和銀行高田通り支店の行員でございますが、なにか?」

主水は、鋭い眼光で男を睨《にら》んだ。主水が睨むと、迫力が並みではない。男は恐怖にたじろいだ。

「じゃあ、行員さん、話を聞いてくれる?」

「ではこちらへ」

主水は男を半ば抱えるように支え、ロビーの一画にある応接室に案内した。

「香織さん、ちょっとロビーを空けますが、よろしくお願いします」

主水は、窓口に座っている香織に報告した。

目で合図する。普通、庶務行員が応接室で客に応対することはない。異例なことをしているからには十分な理由があるのだろうと、香織は主水の表情から察していた。

「分かりました」

即座に香織が答える。

傍に課長の難波もいた。

「あっ、も」主水さんと言いかけた難波の口を、香織が素早く手で覆う。

「うっ」

突然のことに、難波は呻《うめ》いた。

主水が応接室に入ったのを確認し、香織がようやく手を離す。

「ああ、汚い。課長、唾《つば》、つけないでくださいよ」

「悪い悪い」難波は言葉とは裏腹に、にやにやしている。「でも主水さん、ロビーを不在にしてどうするのさ」

「大事なことなんですっ」

香織が唇を尖《とが》らせて抗議した。

「なに、大事なことって？　私、聞いていませんよ」

難波が憤慨《ふんがい》する。

「いいんです。知らなくって」

「そりゃ意地悪でしょう。主水さんや香織さんとは一心同体だと思っているのに」

「えっ、課長と私が一心同体？」

香織は目を丸くした。

「そうですよ。そう思っていますよ。今までだって、これからだって」

難波は笑みを浮かべた。

「うえっ」

香織が大げさに、嘔吐《おうと》するような素振《そぶ》りを見せる。

「嫌だな。ゲロしないでください。それよりも大事なこと、教えてください」

難波が香織に迫る。

「誰にも内緒ですよ。支店長にも。いいですね」

香織が難波に顔を近づけ、小声で囁《ささや》いた。難波は耳をそばだてる。

「頭取からの依頼で、主水さんが樋口さんの件を調べているんですよ。あの若い人も、きっとその調査の一環です」

「本当なの」

難波が驚愕《きょうがく》の表情で、主水たちが入った応接室を見つめた。

5

「私は、スマホのゲームを作るベンチャー企業を経営しています」

若い男は、高山彦太郎《たかやまひこたろう》と名乗った。まだ二十七歳だ。「経営といっても、スタートアップしたところで仲間とわいわいやっているだけで、会社とはいえないくらいです。でも夢は大きいんです」高山は目を輝かせた。

「それで、樋口とはどのように知り合われたのですか」

主水は丁寧に聞く。高山は落ち着きを取り戻していた。

「知り合うも何も、私たちが本社事務所にしているマンションの一室に、取引勧《かん》誘《ゆう》に来られたのです」

高山は、本社事務所のマンションの住所を告げた。支店から少し離れた、個人住宅の多い落合という地区である。

樋口は、新規勧誘で高山の会社を訪ねたのだろう。

高山は、テーブルの上に樋口の名刺を置いた。

「私は、こんなできたばかりの会社に銀行が融資をしてくれるはずがないと思い、樋口さんへの対応も横柄《おうへい》になってしまいました。はっきり言って仕事の邪魔《じゃま》でした。帰ってくれと言ったくらいです」

そうだろうと、主水も納得した。銀行は、預金は山ほど集まるのだが、ベンチャー企業などリスクが高い企業には、決して簡単には融資をしない。

「ところが」高山は話を続けた。「樋口さんは、いくら必要なのですか、と聞いてくるんです。冗談ではなく、真面目な顔でね」

「ほほう、そうですか」

「それで私は試しに『コンピュータ機材などを購入するために一〇〇〇万円ほど必要です』と申し上げました。すると、少し考えておられましたが『融資しましょう』とおっしゃったのです」高山は大きく手を広げた。「びっくりしましたよ。信じられない思いでした」

「そうでしょうね」

主水は頷いた。

「本気ですか？　と何度もお聞きしましたが、本気ですとお答えになるばかり。それで決算書を見せました。勿論《もちろん》、中身は赤字です。夢も技術もありますが、現実は赤字なんですよ」

高山は苦々《にがにが》しげに笑みを浮かべた。

「それでも樋口は融資をすると申したのですか」

高山は、黙って頷いた。

赤字の決算書を見て、樋口はどうやって融資を実行しようと思ったのだろうか。

「担保《たんぽ》があったのですか」

主水は聞いた。不動産、預金、株券などの担保があれば、あるいは融資は可能かもしれない。

「ははは」高山は悲しそうに笑った。「ベンチャーに担保なんかありません。担保は私自身です」

「樋口は、無担保でも赤字でも一〇〇〇万円を融資すると約束したのですね」

「約束どころか、実行してくださいました」

高山は、真剣な目つきで主水を見つめた。

「それは良かったですね」

「しかし、ですね」高山の表情が曇った。「変わった頼みごとを実行することが条件だったのです」

「変わった頼みごと？」

「ええ。主水さんは、都議会議員の沼尻鉄太郎《ぬまじりてつたろう》をご存じですか？」

高山は主水の表情を読むように覗き込んだ。

「名前は聞いたことがあります。都議会のドンと言われている、民自党《みんじ》のベテラン議員ですね」

沼尻鉄太郎は、都知事よりも力を持っているという噂《うわさ》の都議会議員である。矢部幸吉《やべこうきち》首相でさえ、沼尻のパーティには何があっても駆けつける。沼尻の支援がなければ、国会議員が当選できないからだ。実際の選挙を仕切る都議が、国会議員を支配している構図である。

「樋口さんは、融資額の五%を沼尻鉄太郎に献金して欲しい、それが融資条件です——こんなふうにおっしゃったのです」

高山の目に力がみなぎってきた。今話していることが、大きな問題であることを理解しているのだ。

「それで?」

主水は余計な口を挟まずに先を促す。

「一〇〇〇万円の五%といえば、五〇万円です。それに融資本来の利息が一%。合計六%の利息になります。今時、こんな高い利息の融資はありません。そう申し上げました」

「それで?」

「今でもはっきりと覚えていますが、樋口さんは極《きわ》めて残念そうな顔で『それなら諦《あきら》めてください』と言われたのです。私は『あなたに手数料として五%を支払うのは構いませんが、沼尻鉄太郎なんて知りませんし、私は民自党の支持者でもありません』——そう申し上げました」

「すると?」

「『沼尻先生は、あなた方のようなベンチャー企業の支援に熱心なのです。だから融資案件を通すには、沼尻先生の力が必要なんです。本気で融資が欲しいなら、私の言う通りにしなさい』と。非常に厳しい口調でおっしゃいました」

「言う通りにしたのですね」

主水の問いかけに、高山は真剣な表情で頷いた。

「融資は実行されたのですか?」

「はい。最初の五〇〇〇万は、ちゃんと実行されました。私は言われた通り、沼尻の後援会の口座に入金しました」

「口座は、この支店ですか?」

「いいえ」高山は否定し、「これが伝票です」とジーンズのポケットから皺《しわ》だらけの伝票控えを取り出した。

「失礼します」

主水はそれを広げた。口座は、四井安友《よついやすとも》銀行の高田通り支店だった。主水は咄《とっ》嗟《さ》に、木村にこの口座を調べてもらおうと考えた。「これをコピーさせてもらえますか」

「いいです。差し上げます。そんなことより次の五〇〇万円はどうなっているんですか。献金は融資実行の条件ですから、私はもう二五万円を振り込んだのです。その伝票控えもあります。ところが融資は実行されない。困るんです。新しいゲームを作るのに必要な機械を買うんですから。何とかしてください」

「お話はよく分かりました。後日、必ずご連絡します」

主水は頭を下げた。

「それならここにお願いします」

高山は財布を出し、その中から名刺を取り出すと、主水に手渡した。

「分かりました。必ずご連絡します。ところで、樋口のことで何か思い出すことはございませんか?」

高山は少し考える様子になったが、不意に主水の目を見た。「私、樋口さんに聞いたことがあります。『政治家にでもなるんですか?　こんなことをして』って、冗談混じりで」

「樋口は、どう答えましたか?」

主水の体が、わずかに前のめりになった。

「『世の中をよくするのは政治の力です。ゆくゆくは政治家になれればいいなぁと思います』――そう真面目な顔でおっしゃったのです。都議選にでも出ようと考えておられたのではないでしょうかねぇ」

高山は、遠くを見るような目つきになった。

「都議選ですか……。そうですか」

都議選は来年の春、桜の咲き誇る四月である。

主水は、樋口の全く新しい顔に戸惑いを覚えつつ、深くため息をついた。

第二章　悪徳政治家

1

「主水さん、カードローンは持っていますか?」

突然、大久保杏子《おおくぼきようこ》が聞いてきた。

ちょうど主水は、客に振り込み伝票の書き方を教え終えたところだった。伝票を持って窓口へと向かう客の背中に対し、腰を折って頭を下げる。

最近は、ATM（現金自動預け払い機）で振り込みを処理する人が多い。しかしATMでは、現金なら一〇万円、キャッシュカードなら一〇〇万円までなどと、振り込み金額に制限が設けられている。詐欺《さぎ》に騙《だま》されて高額の振り込みをしないようにとの配慮である。

しかし、それでも振り込め詐欺の被害は減らない。毎年、全国で数百億円もの被害が発生しているという。子や孫のことを心配する親心に付け込む詐欺を、主水は断じて許せない。

そこで主水は、ＡＴＭコーナーで振り込みをしようとする高齢者には必ず注意をするようにと、声をかけることにしている。

「どちらへお振り込みですか？」

「操作方法はお分かりですか？」

などと問うとうるさがられることもあるが、その取り組みが功を奏して、振り込め詐欺を未然に防いだこともある。

高齢者には、ＡＴＭでの振り込みをさせるべきではない。そんな実感を抱《いだ》いていたら、最近ある新聞記事を読んで、主水は我が意を得たりと膝《ひざ》を打った。

その記事によれば「一定年数以上、ＡＴＭによる振り込み実績のない高齢者の振り込み金額を、ゼロ円または少額に設定する金融機関が増えてきた」というのだ。第七明和銀行も、早く実施すべき対策だと思う。

銀行は変なところだ――それが、銀行で働く主水の偽《いつわ》らざる実感である。誰が言ったか「銀行の常識は、世間の非常識」。働けば働くほどに、つくづくその実感は増していく。

銀行がＡＴＭを数多く設置するのは、効率化のためである。しかしそのために、銀行すなわちＡＴＭのことだと思う客が増えてきてしまっている。人と人との触れ合いをなくしてしまって、本当に長続きする商売ができるのだろうか。銀行が人と人との触れ合いをなくした間隙《かんげき》を、振り込め詐欺の犯人たちは狙っているのだ。

……余計なことを考え過ぎた。

主水は、首を傾《かし》げて杏子を見つめる。

杏子には、大門功《だいもんいさお》というエリート臭ぷんぷんの課長によるセクハラで苦しんだ過去がある。主水が大門を成敗してからは、すっかり明るさを取り戻していたのだが……。今日は思いのほか表情に陰《かげ》りがある。

「カードローン？　あの、カードで借りられる貸し付けですか？　持っていませんけど」

主水は、客に聞かれないように警戒して小声で話した。

瞬間、杏子が笑顔になる。

「ねえ、主水さん、ちょっといい？」媚《こ》びるような笑みを浮かべて、杏子は主水の制服の袖《そで》を引っ張った。声まで甘くなっている。

「どうしたんですか？」

主水はたじろいだ。杏子に引っ張られるまま、ロビーの隅に連れていかれる。

「カードローン、作って。お願い」

杏子が顔の前で両手を合わせた。小ぶりな顔が手で隠れてしまうくらいだった。つぶらな、まるでリスのような可愛《かわい》い目が、じっと主水を見つめている。

大門がセクハラ男に成り下がった原因の一端が、初めて腑《ふ》に落ちたような気がした。杏子の目を見ていると、愛《いと》おしくなってしまうのだ。自分のことを恋《こ》い焦《こ》がれてくれているのではないかと錯覚《さっかく》してしまう。

——いけない。いけない。

主水は、揺らぎそうになる自分の気持ちを叱咤《しった》した。

「杏子さん。申し訳ないですが、親の遺言《ゆいごん》で、金は借りるなと言われているんです。もしカードローンを作ると、死んだ親に申し訳が立ちません」

主水は心の中で杏子を突き放すかのように、ペコリと頭を下げた。

主水の両親が亡くなったのは、四十年以上も前のことだ。「借金するな」と言ったのも、主水がまだ幼すぎる頃のことである。

「そうなんだ……。ごめんなさい」

力なく杏子が項垂《うなだ》れる。

「こちらも、お役に立てずにすみません」

主水も謝った。

「ううん」杏子が首を振る。その悲しそうな表情を見ていると「作るよ、カードローンでもなんでも」と言いたくなるが、主水はぐっと堪《こら》えた。

「ノルマですか？」

「カードローンの件数が目標に足らないから、プレッシャーがすごくて」

そういえば支店のロビーには、若い男性と女性が並んでカードを持っているポスターが貼ってある。『カードローンはステイタス』と、白い歯を見せて笑っているのである。それも二枚も。

「どうしてそんなにカードローンをセールスするんですか？」

「金利が高いからじゃない？　それに、企業融資《ゆうし》が伸びないしね」

杏子の説明によると、一〇万円から一〇〇万円を借りる場合、カードローンの金利は約一四％だという。

「ひゃあ、預金金利はほぼ〇％なのに、ローンは一四％も取るんですか。ひどいですね」

主水は驚いた。つい声が大きくなってしまい、慌《あわ》てて口を押さえる。

「八〇〇〇万円まで借りることができるのよ。それなら金利は二％くらいかな」

「八〇〇〇万円もカード一枚で借りることができるんですか」

これも驚きだった。プラスチックのカード一枚で八〇〇〇万円もの金が自由に引き出せるのだ。そんな大金が急いで必要になることなど、果たしてあるのだろうか。

「勿論《もちろん》、借りられるのは信用がある人だけですよ。会社の社長さんとか部長さんに、毎日『カードローンいかがですか』って頭下げているんです。嫌になっちゃいます」

杏子が渋面《じゅうめん》を作った。

「まあ、お役に立てなくて申し訳ないですが、あまり無理しないようにしてくださいね」

「ありがとうございます。変なことを頼んですみません」杏子は、主水を怒ったように見つめた。「主水さんなら分かってくれると思うんです。カードローンって、無理に売る商品でしょうか。お金を借りたい人に貸さないで、借りたくもない人に無理やりカードローンを作ってもらう。もし、その中の一人でも、その便利さに頼って次々とカードローンを作って、利用して、多重債務に陥《おちい》ったら、銀行はどう責任を取るんでしょうか？　自己責任でしょうか？　売った銀行にも責任はあると思いませんか？」

一気にまくし立てた杏子の話しぶりから、問題意識の高さが窺《うかが》えた。主水も、確かに杏子の言う通りだと思う。銀行に、大いに責任があるだろう。

それにしても、大人しい杏子にこれほどの負担をかけているカードローンという商品を恨《うら》めしく思う気持ちが、主水の心にしっかりと根ざした。

「カードローン、とんでもないなぁ」主水は独《ひと》りごちた。「ところで杏子さん、最近、調子はどうですか？　元気そうじゃないですか」

あまり元気に見えないのが気になって、主水はわざと逆のことを尋《たず》ねた。

杏子は主水を見つめ、消え入りそうな微笑《びしょう》を浮かべた。両の目に、うっすら涙が滲《にじ》んでいる気がする。

「えへっ、そうでもないんです。また……。まぁ、いいです」

杏子はわざとらしく笑ってみせ、軽く頭を下げると、支店の外に出ていった。

なにか辛いことがあるのだろうか。気になるが、深く追求するのは止めておこう。

それにしても、今から何人の客に「カードローンをお願いします」と頭を下げるのだろうか。杏子が必死にノルマを果たそうとする姿を想像すると、同情を禁じ得ない。

「いらっしゃいませ」

杏子と入れ違いに支店に入ってきたのは、ジーンズ姿の三人の若者だった。一人は、亡くなった樋口一郎とのトラブルを訴えているベンチャー企業の経営者、高山彦太郎だ。

三人の表情は一様《いちよう》に険《けわ》しい。主水は腹に力を入れて口角を無理に引き上げると、いびつな笑顔を作った。

2

主水は、支店のロビーの隅に設置されている応接ブースで高山たちと話し合うために、難波課長に断わりを入れた。難波は露骨《ろこつ》に嫌な顔をした。「どうして自分を関与させないのか」と言いたいのだろう。

「主水さん、新田前支店長からの依頼なんでしょう？　樋口の死の謎を追え……。私も協力しますから。ねぇ、仲間に入れてくださいよ。あの三人の客は容疑者なんですか」

難波課長が応接ブースの方を一瞥《いちべつ》した。

主水は大きく頭《かぶり》を振った。

「違います。違います」

「でも樋口さんの死に関係があるんでしょう」

難波の目は、まだ疑い深そうだ。

「まだ何も分からないんです。その内、課長の出番があると思います。今は、まだ始まったばかりですから」

主水は困惑《こんわく》気味に答えた。

「本当ですね。必ず出番がありますね。約束ですよ」難波は主水の手を摑《つか》んだ。

「では、行ってよろしい」

ようやく難波から解放された主水は、応接ブースで高山たちに向き合った。

「お待たせいたしました。今日は、お三方でお見えとは……。いかがされましたか」

主水は努《つと》めて穏《おだ》やかに話しかける。

「どうしたもこうしたもないよ。俺たち」高山は左右の若者に視線を送った。

「ベンチャー仲間。それから、樋口に騙された仲間さ」

憎々《にくにく》しげに言う。

「三人とも、樋口に騙されたというのですか」

一人は豊田佐太男《とよたさたお》、もう一人は本田昴《ほんだすばる》と名乗った。二人とも二十代前半の、目のきれいな若者だ。主水から見て、人を騙すようには見えない。

「私はＡＩ——人工知能の研究、本田は人型ロボットの研究をしています」豊田が切り出した。その表情は腹立ちのためか険しい。「三人の技術を結集して、画期的な人型ロボットを世に出そうとしていたんです。もう完成寸前なんです。それで資金が必要だった。高山に相談したら、樋口さんを紹介されたのです」

「彼らは私よりもっとひどい。全く融資を受けられなかったのに、手数料だけ取られたのです。一〇〇〇万円の五％、五〇万円も、まるまる沼尻鉄太郎の口座に振り込みをさせられたのです。詐欺でしょう、これは」

ドンと音を立てて、高山がテーブルを叩《たた》いた。

「私たち以外にも被害者はいると思います。そこで銀行が善処してくれなければ、この件をマスコミに発表し、銀行を告発するつもりです。私たちスタートアップ企業にとって、五〇万円は大金です。それになによりも、私たちの夢を食い物にしたのが許せません」

本田もこめかみをぴくぴくと動かし、怒りをどこにぶつけたらいいか思案している様子だった。

マスコミへの公表、そして銀行を告発とは……。一支店のたかが庶務行員《しょむこういん》に過ぎない主水でも、ヤバイことになったと分かる。このままにしてはおけないだろう。主水が対処できるレベルを越えつつある。

「その件については私たちも調べておりますが、まだよく分からないんです。樋口がなぜそんなことをしたのか……」

主水は申し訳なさそうに表情を曇《くも》らせた。

「まだ、そんなことを言っているのですか。私たちを馬鹿にしているんですか？」

高山がまた机を叩いた。

主水は驚いた顔で体を引いた。

「その、なんでしたっけ、沼尻とかいう」主水は額《ひたい》に指を当て、「都議会議員にはお会いになりましたか」と聞いた。

「それが、面会を求めても、完全に拒否されるんです。会ってくれません」

豊田が眉根《まゆね》を寄せた。

「沼尻のことも訴えるのですか？」

主水が聞くと、高山の声が小さくなった。「それが……」と左右の二人を見て、小さく頷《うなず》く。「難しいんです。沼尻が何かやったという証拠はないので……。お金が本当に沼尻の口座に入っているのか、今回のことは沼尻の指示で行なったことなのか、全く分からないからです。樋口が勝手にやったことかもしれない……」

「そうですか……」

主水は渋面を作った。

「本音を言いますと、私たちはお金を取り戻していただいて、融資をなんとかやってもらえればいいんです。裁判をしたり、マスコミに騒がれることで研究が遅れたり、ビジネスそのものに支障《ししよう》があったりすれば、私たちのマイナスが膨《ふく》らむばかりですから」

本田が乞《こ》うような目で、主水を見つめた。

「承知しました。事件の真相解明とは別に、あなた方の損失の回復と支援について、至急対応します」

主水は力強く言い、微笑《ほほえ》んだ。

「でも主水さん、あなた、庶務行員さんでしょう？　調べたら、ただの雑用係じゃありませんか。信用していいんでしょうか」

高山が疑うような目つきで主水を見つめる。

「その通りですが、信用していただけますか？　雑用係というのは、なんでもやるものですから」主水は、ぐいっと高山に顔を近づけた。「私は、あなた方のような若い人を騙す悪い奴を、決して許しませんから」

「決して」の一語に込められた主水の迫力に、高山は思わず体を後ろに引いた。

「で、では、とりあえず。とりあえず主水さんを信用します。早く私たちを助けてください。お願いします」

高山と他の二人は、同時に頭を下げた。

「とりあえずでもいいです。信用してください」

主水は言いきった。

こんな若い人たちを、樋口は本当に騙したのだろうか？

沼尻との接点を至急、洗わねばならない。木村刑事の調べは進んでいるのだろうか？

それにしても、なぜ吉川頭取は、樋口の死を調べようとするのだろうか。その肝心《かんじん》なところが曖昧《あいまい》では、モヤモヤとした気分が晴れない。主水は珍しく苛立《いらだ》っていた。

3

沼尻鉄太郎の講演会が行なわれている区民ホールの第三会議室の隅に、主水は立っていた。隣には高田署の木村刑事がいる。

支店の業務が終わった後、木村と待ち合わせて会場に来たのである。

会場の中に入ると、百人ほどの支援者が椅子《いす》に座って大人しく話を聞いていた。

都議選は来年なのだが、もう選挙戦は始まっているのだろう。

「私は、皆さんの下僕《げぼく》です。なんでもやります。なんでも引き受けます。困ったことがあれば、なんでもおっしゃってください」

沼尻が「なんでも」を繰り返してがなり立てている。

小柄な体を目いっぱい反《そ》らせると、突き出た腹が膨れ上がった蛙《かえる》のようだった。

赤ら顔の頬《ほお》が、醜《みにく》く垂《た》れ下がっている。

「美味《うま》いもん毎日食ってると、ああなるんだな」

木村が「ふん」と鼻を鳴らして嫌みを言った。

「私には、ITもAIも分かりません。しかしですね。この高田の街をベンチャー企業の街にしたいと思っています。ベンチャー、分かりますか？　ベントーじゃありませんよ」

「ははは」と聴衆が笑い出す。自分のギャグが受けたことに満足したのか、沼尻のたるんだ頬がさらにたるんだ。

「くだらねえなぁ」

木村が吐き捨てる。

「沼尻に話を聞きますか？」

主水が聞いた。

「樋口のことか？」木村が振り返って、じろりと主水を見る。「もう少し様子を見ようかな」

「分かりました。口座は確認していただきましたか？」

「これだよ」

木村に手渡された封筒を開け、主水は中身を確認した。

高山たちが融資斡旋《あっせん》手数料を振り込んだという四井安友銀行高田通り支店の口座のコピーだ。

「ありがとうございます」

主水が礼を言う。

「おい、そこのお二人、立ってないで座ってください。椅子が空《あ》いていますから」

壇上から突然、沼尻が主水と木村に声をかけた。聴衆が一斉に振り向く。

「あ、はい、はい」

主水は木村の肩を摑んで、椅子に座らせようとした。

「あれ、あなた方、どこかでお会いしたことがありますね」

沼尻が笑みを浮かべながら言う。

「いえ、いえ」

不味《まず》いことになった。銀行の庶務行員と刑事だ。民自《みんじ》党の支持者だと思われると、厄介《やっかい》なことになりかねない。銀行員も警察官も政治的には無色であることが望ましい。

「思いだした。皆さん」沼尻は何を思ったか、聴衆に向かって大きく両手を広げた。「あそこにおられるのは第七明和銀行の行員さんと、高田署の刑事さんです。銀行と警察も私を支持してくれています。これで万全です。みなさん、金に困っても、トラブルに困っても、私にご相談ください。力強い支援者がおられるのです」

沼尻が声を張り上げる。

演台の脇に控える黒スーツ姿のがっしりとした体軀《たいく》の男が右腕を上げ、くるくると振り回した。野暮《やぼ》ったい印象の太い黒縁《くろぶち》眼鏡《めがね》をかけ、ヒトラーのような口髭《くちひげ》をはやした男だ。

腕を回しながらも、その眼鏡の奥の目は、しっかりと主水を捉《とら》えていた。

「ん?」

主水は男の視線に既視感《きしかん》を覚えた。

聴衆が拍手をする。まるで騒音のような万雷《ばんらい》の拍手だ。男が腕を回し続けると、拍手の音はさらに大きくなる。ここにいる聴衆は、沼尻の強烈な支持者なのだ。完全にコントロールされている。

聴衆全員の視線が、主水と木村にぴたりと集まった。まるで矢に射抜《いぬ》かれたように、視線の痛みを感じる。

「ちょっと気味悪いから急いで出ましょう」

主水は、椅子に座っている木村の腕を摑んだ。

「ああ、出よう。沼尻は都政を牛耳《ぎゅうじ》るドンと言われているが、ここまで支持者が一枚岩とは思わなかったぜ」

木村は立ち上がると、主水より先に会場を出ようとする。

「皆さん、銀行と警察の方がお帰りのようです。もう一度、盛大な拍手をお願いします」

沼尻が声をかけると、再び波のような拍手が背後から襲ってきた。

主水の背後で、会場のドアが閉まった。

「ふう」

木村が大きく息を吐いた。

「沼尻、恐るべしですね」

主水も息を吐いた。

「さすがに町田《まちだ》の元舎弟《しゃてい》だっただけのことがあるな」

木村が急ぎ足で歩く。

「なんですって」

主水は急ブレーキをかけたように足を止めた。「今、何と言いましたか」

「沼尻が若い頃、町田の舎弟だったって……。話してなかったか」

とぼけたような木村の顔。

「聞いてませんよ。本当ですか」

町田一徹《いってつ》は、広域暴力団天照竜神会《てんしょうりゅうじんかい》の会長だ。主水が今まで遭遇《そうぐう》した第七明和銀行合併に関わる事件の陰に、必ず顔を出している。それも、彼の配下と思われる謎の男を介して……。

ふいに先ほどの腕を回す男の姿が浮かんだ。

「あの腕を回して聴衆を煽《あお》っていた男に見覚えがあるような……」

主水は首を傾げた。

「あのヒトラーみたいな口髭の男か。奴は秘書の阿久根《あくね》雄三《ゆうぞう》という男だ。半年前に長年仕《つか》えていた秘書が引退し、あの男に代わったらしい。素性《すじょう》は今のところ不明だが、調べれば分かるだろう。知っているのか」

「ちょっと気になったものですから」

新田前支店長を襲った鎌倉春樹《かまくらはるき》前副支店長、そして聖杯教会事件の山本《やまもと》・アダムス・聖樹《まさき》と似た雰囲気《ふんいき》があるとはいっても、実際は似ても似つかぬ男だ。きっと木村は馬鹿にするだろう。

とりあえず主水は、阿久根雄三という名前を頭に叩き込んだ。

「喫茶店《きっさてん》でビールでも飲むか」

木村は、高田通りの喫茶「クラシック」の前に立った。

ここはコーヒーだけでなく、生ビールも飲ませる。クラシック音楽を聴きながらビールを飲むのも乙《おつ》なものだが、主水はどうせなら自宅近くの中野坂上《なかのさかうえ》の居酒屋で飲みたいと思った。

「沼尻のこと詳しくお聞きしたいんで、中野坂上まで行きませんか。行きつけの居酒屋があるんです。『あおい』って言うんですが、ツマミが美味《うま》い」

主水はにやりとした。

「ママは美人か?」

木村は、少し唇《くちびる》を突き出すようにして微妙な笑みを浮かべた。

「ええ、美人です」主水は言いつつ、「昔……」と木村に聞こえないほど小声で呟《つぶや》いた。

4

翌日の朝も、主水はいつもと変わらず早くから支店の前を掃除《そうじ》していた。

昨日、木村と飲んだ酒は強烈だった。

「たまには奢《おご》りますから」と甘いささやきをしたのが運の尽き。木村は冷酒をぐいぐい飲んだ。

居酒屋「あおい」で女将《おかみ》が作るきんぴらごぼうや鶏《とり》レバーと獅子唐《ししとう》の甘辛煮などの家庭料理をむさぼるように食べる、食べる、飲む……その永遠の繰り返し。

「こんな料理を食べたくて飢《う》えていたんだ」と木村は大騒ぎし、挙げ句の果てには女将に「女房になってくれ」と迫ったのである。

「還暦《かんれき》過ぎのおばあさんを揶揄《からか》わないで」と女将が軽くいなすと、木村は「えっ、還暦なの？　信じられない」と、狐《きつね》につままれたように女将の顔を穴が開くほど見つめた。

その途端にカウンターにうつ伏せになると、大きないびきをかき始めた。

深夜十二時過ぎ、ようやくおぼろげながら目覚めた木村を抱えるようにして、主水は自宅に連れて帰った。

今ごろ、木村はまだいい夢を見ていることだろう。

「沼尻が町田の舎弟だったとは驚きだった」

主水は、ゴミを塵取《ちりと》りに受けながら、昨夜の木村とのやり取りを反芻《はんすう》していた。

木村の情報によると、沼尻と町田はともに六十代、ほぼ同世代だ。沼尻が不良をやっていた若い頃に、兄弟分の杯《さかずき》を交わしたことがあったらしい。

町田が本格的にヤクザ稼業《かぎょう》に入ってからは、表向き距離を置いて今日に至るのだが、裏では関係があると警視庁は見ている。

特にバブルで不動産が値上がりし、あちこちで公共事業が行なわれた際は、二人で組んで大儲《おおもう》けしたと言われている。その時、すでに沼尻は都議会の有力者だったが、公共事業の利権を一手に握《にぎ》ることで、ドンと呼ばれる地位に昇《のぼ》りつめたという。

「信者」とまで呼ばれる強力な支持者に支えられ、選挙対策は万全だが、逆らう者には容赦《ようしゃ》しないということでも有名だ。中には沼尻に逆らい、町田らの関係者に脅迫《きょうはく》され、自殺へと追い込まれた都議もいるらしい。

「らしいというのは、捜査していないからさ」木村は自嘲《じちょう》気味に言った。なぜ捜査しないのかと主水が問うと「俺たち、東京都に雇《やと》われてんだぜ。都議会のドンである沼尻には逆らえない。厄介なことさ」と冷酒を呷《あお》った。

しかし樋口の死に沼尻が関係しているのは間違いない。どんな手段をつかってでも沼尻を追及しなければならない。

というのは、木村が調査した四井安友銀行高田通り支店の口座は、沼尻の政治資金管理口座だったからである。

この口座に高山たちは樋口に言われるままに資金を振り込んだのだ。

「政治資金規正法違反にはならないのですか」

法律違反で沼尻を締め上げ、その過程で樋口との関係を質《ただ》すことができないだろうか。

主水の問いに、木村は暗い顔で頭《かぶり》を横に振った。

「政治資金収支報告書に、二〇万円を超える政治資金は、その提供者の情報を記載しなければならない。だがなぁ、主水さんよ」木村は、赤ら顔で「ちゃんと記載してあるんよ」と呟いた。

「まさか……。正直に記載してあるというのですか」

「そうさ。意外だろう」

「でも待ってください。樋口がやった行為は斡旋《あっせん》に当たるんじゃないですか」

何を隠そう、主水は以前、政治家の秘書を務めたこともあるのだ。その時から法律が変わっていなければ、政治資金を集めて、政治団体に提供するよう第三者に斡旋することとは、禁じられていたはずである。

「さすが主水さん、いいところに気づくよね。確かに樋口は融資をする見返りに、高山たちに沼尻への政治資金提供を仲介《ちゅうかい》したと言える。政治資金規正法では他の者への政治資金の依頼や仲介、集金などを斡旋行為として禁止している」

木村はジロッと主水を見つめた。白眼に血管が赤く浮き出ている。

「でしょう？　これで沼尻をやっつけましょう」

主水は、杯をぐいっと干した。

「だがね、微妙なんだ」

「なぜ？」

「樋口は政治資金を集めて、まとめて渡したわけじゃない。ただ口座番号を教えただけかもしれない。それに、その行為を沼尻に依頼されてやったのかどうかも分からない。死人に口なしだ。こんな程度じゃ都議会のドンを揺さぶることを警視庁《ワガシヤ》は許さんさ。沼尻をなんとかしたいっていう奴は警視庁《ワガシヤ》にも多いんだけどな。これ以上、沼尻に深入りすると、さすがの俺も飛ばされるかもしれんなぁ。宮仕《みやづか》えの辛いところよ。なあ、主水さん」

木村は酔眼《すいがん》で主水を見つめ、悔《くや》しそうに奥歯を噛《か》んだ。

「そうですか？　どうしますかね」

主水は思案に暮れた。

ようやく朝の掃除を終えた。これから店内のトイレを掃除しないといけない。トイレ掃除は、子供のころから道徳の基本だ。他の行員もやればいいのにと思うのだが、仕方がない。庶務行員の仕事だ。

掃除道具を片付けながら、ふと疑問が湧き起こった。

——どうして樋口はそこまで沼尻を手助けしたのだろうか。樋口と沼尻の接点は、どこにあるのだろう……。

融資の実行を条件に手数料を徴収《ちょうしゅう》し、それを政治資金に供するという行為は、政治資金規正法上は問題があるかどうか明確ではないにしても、銀行では大問題である。不正であることは間違いない。なぜそこまでのことをやったのか……。

「主水さん」

背後から声をかけられた。

振り向くと、杏子だった。どこか思いつめたような雰囲気である。

「おはようございます。どうしましたか？　カードローンは勘弁《かんべん》してくださいよ」

笑いながら言う。

「そうじゃないんです。主水さん、ちょっと時間、ありますか？」

真剣な表情だ。つぶらな瞳がぐっと迫ってくる。

「ええ、いいですよ。なんでしょうか？」

主水は、ちょっとたじろいだ。朝からどうも面倒なことになりそうな予感がする。

「仇《かたき》を討《う》って欲しいんです。樋口さんの……」

杏子は、胸の前で祈るような仕草で手を組んだ。

「えっ、なんですって」

その時、主水は、自分が高田稲荷《いなり》神社のご神体にでもなったような錯覚《さっかく》を覚えたのである。

5

「杏子がここに来るんですか?」

生野香織が、所在なげにコーヒーをスプーンでかき回した。

「信じられないわ。杏子が樋口さんと付き合っていただなんて」

椿原美由紀がケーキセットのモンブランにフォークを刺した。

「私も、です。今朝《けさ》、突然、樋口さんの仇討ちをして欲しいと頼まれましてね。驚きました。そこで、詳しい話は閉店後ということにしたのです」

主水はコーヒーを啜《すす》った。

「私たちがいてもいいの?」

香織が聞いた。

「杏子さんには断わっています。樋口さんの死の真相を、香織さんや美由紀さんと一緒に調べているからと……。それに、夜に若い女性と二人きりというのは、なにかと誤解をまねきますからね。昨今は」

主水は照れたようにニヤリとした。

「いやだぁ。主水さん、そんなこと気にしてるんだ」

美由紀が笑い気味に言う。

「そりゃ気にしますよ。男ですから」

「ひょっとして杏子みたいな女の子が好みなんですか？　二人きりで会うと自制が利かなくなるとか」

香織も楽しそうに茶化《ちゃか》す。

「馬鹿言わないでください。どんな時でも冷静さを失ったりはしませんよ」

主水は内心で焦《あせ》っていた。香織の話は図星だったのである。主水は閉店後、この喫茶「クラシック」で杏子と会うことを約束したが、彼女のつぶらで憂《うれ》いのある瞳で見つめられたら、頭の芯《しん》がくらくらするかもしれないという危険を察知した。そこで急遽《きゆうきよ》、香織と、本店の美由紀に同席を頼んだのだった。

「あっ、照れていますね。カッワイイ」

なおも美由紀が冷やかす。

「大人を揶揄《からか》うもんじゃありません」

主水は膨れてみせた。

「杏子、来たわよ。ここよ」

香織が入り口を見て、手を上げた。

杏子は、すぐに香織の合図を見つけて、急ぎ足でやってきた。

「お待たせ」

杏子は主水の向かいの席に座った。四人掛けなので、隣は美由紀である。

早速、注文したコーヒーが運ばれてきた。

杏子は、気持ちを落ち着かせようというのか、カップを手にするなり一口、コーヒーを飲んだ。表情は硬い。

緊張で血の気《ちのけ》も失《う》せているのだろう。色白の頬が青く透き通っているようにさえ見える。

先ほどまで騒いでいた香織も美由紀も、静かに杏子の言葉を待っていた。

「樋口さんは、騙されたのです」

俯《うつむ》いたまま、杏子は消え入るような声で言った。膝に置いた手に、涙が落ちた。

「誰に騙されたというのですか?」

主水は慎重に聞いた。

「都議会議員の沼尻鉄太郎という人です。『都議会のドン』と言われている大物です。この高田町が選挙区になっていて、地元の支持者も多いです」

ようやく杏子が顔を上げた。目が赤い。

「私たちは、樋口さんが沼尻のために政治資金を集めていたことを知っています。それも『融資斡旋手数料』という不正な名目を使っていたことをね」

主水はあえて秘密を打ち明け、杏子に水を向けた。

「そのことなら、少しだけですが知っています。私、彼から相談を受けましたから。彼、悩んでいました。それで……」

たちまち杏子が涙目になった。

「杏子、あなた、樋口さんと付き合っていたのは本当なのね」

香織がストレートに聞いた。

杏子は「うん」と小さく頷いた。「でも、それほど深い関係じゃない。これからって時に、彼、死んじゃったから。私、びっくりした……」

そして杏子は、樋口との関係を話し始めた。

以前、杏子が大門元課長とのセクハラ事件で傷ついていた時、慰《なぐさ》めてくれたのが樋口だったという。なんとなく陰があり、つかみどころがない樋口だが、その優しさに杏子は次第に惹《ひ》かれていった。

時々、休みの日に映画や芝居を観て、食事をした。ちょっと郊外に足を延ばした程度で、泊まりの旅行などはしたことがない。

「結婚するつもりだったの？」

美由紀が聞いた。

「分からない。私は好きだったけど、樋口さん、はっきりしない、よく分からないところがあって……」

「はっきりしないところってなんですか」

主水が聞いた。

「例えば、家族関係などはなにも話さないんです。結婚するとなると、そういうことも知っておきたいですから」

杏子が寂《さび》しそうにこぼした。

「樋口さんが孤児だったことは知っていたの？」

香織の言葉に、杏子の表情が変わった。驚いたというより、もっと心の深くに衝撃を受けたような顔になったのである。

「やっぱり……」

「知らなかったのですか？」

「葬儀の時、皆がそんな話をしていたので驚いたのですが、彼の口から聞いたことはありません。でも、少しだけそれを匂《にお》わすようなことを……」と、杏子は主水を見つめた。「彼、『自分の家庭は複雑だけど、遠くないうちにはっきりさせる、その時になれば安心して結婚できるから』と話していたことがあります」

「遠くないうちにはっきりさせる……。妙な言い方ですね」

主水は首を傾げた。

「ねえ、杏子」香織が身を乗り出す。「樋口さんが、不正だと知りながら政治資金を集めていたのはなぜなの？　どうしてそこまで沼尻に肩入れしたの？　何か聞いてる？」

質問を受けている間、杏子はじっと香織を見つめていた。それは、杏子の中に残っている樋口の言葉を一つ一つ集めようとするかのような、真剣な目つきだった。

「恩人なんだって言っていました」

「えっ……恩人？」

意外な言葉に、香織はどう考えていいのか分からないという表情で主水のほうを振り向いた。主水と目を合わす。

「それってどういう意味？」

香織が聞き返した。

「分かりません」

杏子は、困惑した顔で首を振る。

「政治家になりたかったんじゃないの？　それで沼尻に近づいたとか？」

美由紀が助け舟を出した。

「その気持ちはあったと思います。彼、世の中の貧困に対して物凄《ものすご》く怒りを抱いていましたし、『若い人を支援するのは銀行じゃ無理だ、政治家にならないといけない』なんて言っていましたから」

「それで、ベンチャー企業ばかりと関係したんですね。主水さん」

香織が主水に確認を求めた。

「そうなんでしょう。樋口さんは、ベンチャー企業を支援したいと純粋に思って、彼らに融資を持ち掛けたのでしょうね。恩人というのは気になりますが、何かのきっかけで沼尻と知り合った。そこで沼尻の考えなのか、樋口さんの考えなのか分かりませんが、ベンチャー企業支援で一致した……。それで沼尻のために政治資金を集めようとしたのではないでしょうか」

「主水さん」美由紀が何かに気付いた。「都や区には『制度融資』という制度があるのね。中小企業が有利に融資を受けられる制度。それらには、担保《たんぽ》がなくても都や区が信用保証してくれるものもある。おそらく沼尻は樋口さんに『自分に政治資金を提供すれば、制度融資を優先的に利用させてやる、それでベンチャー企業を支援しよう』とでも言ったんじゃないかしら。もっと言えば『ベンチャー企業のための融資制度を作ってもいい』とか。ねっ、きっとそうよ」

美由紀は「渉外《しょうがい》」と呼ばれる課で中小企業などを相手に営業をしていたことがあるから、融資に詳しい。

「それ、ご明算！　当たり！　かもしれませんね」

主水は、講演で沼尻が「高田の街をベンチャー企業の街にしたい」と言っていたことを思い出した。

「許せないわね。沼尻……。樋口さんの純粋な気持ちをもてあそんだのね」

香織が厳しい目付きになった。

「きっと、思った通りに制度融資が使えなかったのよ。都や区の制度融資って、いろいろ面倒だし、それほど簡単じゃないから。沼尻は、政治資金だけは自分の懐《ふところ》に入れたけど、融資実行のために都や区に圧力をかけてくれない……。動いてくれない。かといってベンチャー企業の人たちには、融資の実行を約束している。樋口さんは、だんだんと追いつめられる……」

美由紀は、まるで自分が樋口になったかのように話した。渉外課員だったころの辛さを追体験しているのだろう。

都や区に政治家が圧力をかけ、制度融資を支持者である中小企業に利用させることがあると、主水も聞いたことがある。

もっとひどいのは、バブルが崩壊して中小企業が資金繰りに苦しんだ際、暴力団が都や区の職員を脅迫し、制度融資の適用を迫ったという噂《うわさ》だ。膨大《ぼうだい》な額の融資が実行され、そのほとんどが不良債権化したが、暴力団は中小企業から高額の手数料をまんまとせしめ、私腹を肥《こ》やしたのだという。

おそらく沼尻は、その時代の悪事に、町田と組んで一枚も二枚も噛んでいたのだろう。

「高山さんに融資した五〇〇万円は、プロパー融資だったわ。きっと樋口さんは追いつめられた挙げ句に、要求された一〇〇〇万円のうち、半分の五〇〇万円だけでもなんとかつじつまを合わせようとしたのね。後は続かなかったけど。可哀《かわい》想《そう》……」

香織が納得したように頷いた。

プロパー融資とは、制度融資を使わないで銀行が直接実行する融資のことだ。

「奴を、嵌《は》めるしかないいな」

主水は呟いた。

「えっ、今、何か言った？　主水さん」

香織が目を見張る。いつもの主水とは思えない乱暴な言い方だったからだろう。

「あっ、失礼しました。いえね、こうなると、沼尻をちょっと痛めつけて真相を解明するしかないなと思いましてね。杏子さんの仇討ちの希望も叶えられますから」

主水は杏子を見て、にこりと微笑んだ。

「お願いします。樋口さんは、政治家になって世の中を良くしたいと思っていたはずなんです。それで沼尻に近づいたら、いいように使われて、不正までして……。それであんな段ボール板を提《さ》げたんです。私、悔しくて」

杏子は涙を流した。

「私は悪い人間です……か」主水は呟いた。「香織さん、美由紀さん、また出番ですよ」

「はい!」

香織と美由紀が元気よく返事をした。二人はやる気満々だった。

6

「わははは……」

錦亭《にしきてい》の一室に、沼尻の高笑いが響く。笑うたびに、沼尻のたるんだ頰が揺れた。テーブルには、板前が腕を振るった豪華な会席《かいせき》料理が並んでいる。

「君たちベンチャー企業の人たちが私を支援してくれるのは、非常に嬉《うれ》しい。ましてやこんなかわいいお嬢さんが経営者とはね。女性の活躍する時代だな」

沼尻の顔は嫌らしく崩れ、目の前に座る香織と美由紀を舐《な》めまわすように見つめている。

淡《あわ》いピンクのスーツに細いフレームの眼鏡をかけているのは香織。濃いブルーのスーツにソバージュにした長い髪を肩まで垂らしているのが美由紀だった。

二人とも、ベンチャー企業の経営者を装《よそお》っているのである。

「先生のベンチャー企業への支援姿勢には、いつも感激、感謝しております」

香織が、冷酒の入ったガラス製の片口徳利《かたくちどっくり》を沼尻の杯に傾ける。

沼尻が、涎《よだれ》を垂らさんばかりの笑顔で杯を差し出した。なみなみと注《つ》がれた酒を、沼尻は一気に飲み干す。

「『ベンチャー企業の皆さんの集まりがあるから来てほしい』とあなた方が会いにこられて……。調べてみたら、私に献金してくださっている会社さんじゃないの。ほほぅって思ったね。こんな美しいお嬢さんたちが社長なんだ。これは支援しなけりゃあかんと思った次第だよ。女性を助けなければ男の名折れだからね」

勧《すす》め上手な香織と美由紀にかかると、沼尻の酒がどんどん進む。

普段から酒焼けしたような赤ら顔が、さらに赤く染まっていった。

「本当に先生には感謝しているんですよ」

美由紀が長い髪にそっと触れながら、微笑を浮かべる。

「だいたい日本は、ベンチャー企業に冷たい。年寄りばかり優遇しておる。次代を担《にな》う若者を大事にせねばならん」

だみ声で自説を語る沼尻。

「本当ですわ。さあ、どうぞ」

すかさず美由紀が酒を注ぐ。

「いやね、秘書がね、『予定外のベンチャー企業の集《つど》いなんかに出席するな』って言ったのだけどね。うぃいい……。あなた方が誘いにきたでしょう。これは行かないわけにはいかないじゃない。ねぇ……、うぃいい。ひひひっ」

沼尻の視線は、もう定まっていない。瞼《まぶた》が閉じたり開いたりを繰り返している。口の端からタラリと涎を垂らし、体をゆっくりと左右に揺らす。

香織と美由紀は目と目を見合わせた。

部屋の灯《あか》りがちらつく。

「あら?」沼尻が点滅する灯りに気付き、不審げな表情で叫んだ。「どうしたんだ? おい、おい、仲居さん! 灯りが……」

ぷっつりと灯りが消え、辺りを暗闇が支配した。

「おい、おい、どうなってるんだ。停電か」

動揺した沼尻の声が響く。

「豊田さん、本田さん……うぃうぃいいい。大丈夫……」

沼尻が酔っぱらった声で呼んだのは、香織と美由紀が名乗っている偽名だ。高山のベンチャー企業仲間の名字《みようじ》を借りたのである。

沼尻の呼びかけも空《むな》しく、返事はない。

「ん？」

沼尻の目の前が、ぼんやりと明るくなった。そこに誰かが座っている。

「誰だぁ。誰？」

沼尻は、その明るみに酔った顔をぐっと近づけた。

「先生……。お世話になりましたぁ。樋口一郎ですぅ」

弱々しい声がした。薄明かりの中で沼尻が目にしたのは、紺《こん》のスーツをきちんと着こなし、正座をした青年——樋口だった。やや青ざめた顔で沼尻を見つめている。

四角い顔に特徴のある大きな鼻。そしてきちんと整えた髪。

「お、お前、生きていたのか」

沼尻は大きく後ろに飛びのいた。その時、テーブルの上の皿に手が当たり、硬い音が部屋に響く。

「死んでしまいました。先生のために政治資金を集めましたのに、どうして何もしてくださらなかったのですかぁ。恨《うら》みます」

樋口の目がくるっと回転し、白眼になる。

「ひぇーっ、化けて出たのか!」沼尻は腰が抜けたのか、その場を動けない。

「お前を銀行員にしてやったのは私だぞ。私はお前の恩人だ。恩を返すのは当たり前だ。成仏《じようぶつ》しろ」

とっさに沼尻は、杯を樋口に向かって投げた。樋口は、それを手で払う。杯の中の酒がしずくになって樋口の顔に当たった。それが涙のように樋口の頬を伝って落ちる。

「お前を孤児院から救いだして大学まで出してやったではないか。私が理事長をしていた落合の『光の養護院』だ。お前、あのままだと大学にも行けなかったのだぞ。あの恩を忘れたのか」

「あなたは私を利用しましたぁ。利用して捨てたじゃないですかぁ。融資の実行に協力してくれない……」

「ま、待て。融資の約束は守る、必ず守る。だが、金が、金が、選挙には金が要《い》るんだ。南無阿弥陀仏《なむあみだぶつ》……」

唱えながら、沼尻は両手を合わせた。

「融資の見返りに政治資金を集めさせたぁ」

沼尻の読経《どきよう》に、樋口は恨みのこもった声を被《かぶ》せた。

「勘弁してくれ。お前が『世間にばらす』とさえ言わなければ、何もかも上手《うま》く行っていたんだ。ああ、南無妙法蓮華経《なむみようほうれんげきよう》……」沼尻は急に目をかっと見開き、樋口を睨《にら》んだ。そして「お前、お前は本当の親を、教えて欲しくはないのか……」となだめるように言う。

「教えて欲しいぃ……」

虚《うつ》ろだった樋口の目が、もとに戻った。光を宿した黒い目が、沼尻を見つめ返す。

「消えろ、消えてくれ。成仏してくれ。そうしたら教えてやる」

沼尻は、もはや悲鳴といってよいほどの声で叫んだ。

「今、教えてくださいぃ……」

沼尻の肩を摑もうと、樋口の手が伸びる。

「ひっ、ひっ、ひえっ。だ、誰かぁ。誰かぁ、来てくれ」

沼尻が引きつった叫び声を上げた。畳の上を尻だけで這《は》うように後退《あとずさ》る。

「な、なんだ。誰だぁ、俺の肩を摑む奴はっ！」

沼尻が体をねじるようにして振り返った。

「ぎゃあ」

沼尻が腹の底から恐怖の声を絞《しぼ》り出すと、白眼を剝《む》き、口から泡を噴《ふ》き出した。

「お前は誰だ」

息も絶え絶えに、沼尻がかすれ声で聞く。

「高田町稲荷の使いだ。お前のような若者を食い物にする悪徳政治家を許さない。お稲荷様に代わって成敗いたす」

そこには、狐面《きつねめん》で顔を覆《おお》った白装束《しろしようぞく》の男が立っていた。沼尻の肩をむんずと摑み、腕を締め上げている。

「止めろ、止めてくれ、痛い、痛い」

沼尻が顔を歪《ゆが》めた。

「お前が樋口を殺したのか！」

狐面の男が、鋭《するど》い声で質す。

「や、殺《や》っていない。そんな馬鹿なことをするか！　あいつは、あいつは、私の息子も同然だったのだ」

沼尻は、がくりと力を失い、項垂《うなだ》れた。そして泣き始めた。

「おい、もうその辺で勘弁してくれないか。お稲荷さんよ」

いつの間にか部屋の中に、あの黒縁眼鏡をかけた口髭の男が立っていた。

狐面の男は、沼尻を掴んでいた手を放す。解放された沼尻はその場にくずおれ、うつ伏せた。肩を揺らして泣いている。「樋口、許してくれ、樋口……」と繰り返している。まるで経を唱えているかのように……。

「お前は阿久根雄三だな」

狐面の鋭い目が、口髭男を睨んだ。

「ほぅ、もう私の名前を知ってくれているのか。お前が沼尻の講演会に顔を出した時から、気になっていたんだよ。先生には警戒するように注意していたんだが。なあ、もん……」阿久根は口をつぐみ、にんまりと不敵な笑みを口の端に浮かべた。「おっと、正体は明かさない方がいいんだな」

「連れていけよ」

狐面の男は、沼尻から身を引いた。

「またお前と戦えると思うと、腕がなるぜ」阿久根は狐面の男に視線を据《す》えたまま、沼尻を抱き起こした。「この問題は奥が深いぞ。町田の恨みもあるからな」

阿久根は背後を警戒しつつ、ゆっくりと沼尻を担ぐようにして部屋を出ていく。

「やはり、あいつか」

狐面の男は、沼尻と阿久根の姿が見えなくなると同時に、部屋から消えた。

7

「ありがとうございました」

高山、豊田、本田の三人は、揃《そろ》って主水に頭を下げた。

主水の隣には香織と美由紀、そして杏子が座っている。

本田の製作工房兼事務所の室内は雑然とし、書類や見慣れない部品などが散乱している。それらに埋《う》もれるように、一体の人型ロボットが置かれていた。女性で、顔はどことなく杏子に似ていなくもない。

「まさか私たちが製作した人型ロボット花子《はなこ》が、仇討ちに役立つとは思いませんでした」

ロボットに視線を投げた高山が、にこやかに微笑んだ。

「ちゃんと融資が出るように取り計らっていただき、感謝しています」

本田が重ねて礼を述べた。

「こんなに素晴らしい技術があるのですから、第七明和銀行本店営業部が、しっかり支援させていただきますね」

美由紀が自信たっぷりに請《う》け合った。

一計を案じた主水たちは、本店秘書室長の新田に対し、高山たちベンチャー起業家の支援を要請したのである。

新田は早速、高山たちのロボット関連技術をベンチャー支援組織に検討させ、新会社設立の出資と開発資金の融資を決定した。窓口は高田通り支店ではなく、本店営業部である。

ベンチャー企業支援を標榜《ひようぼう》している第七明和銀行にとっては、渡りに船の取引先となったようだ。

樋口もこれで安心したことだろうと、主水は美由紀に感謝した。これは本店に勤務する美由紀だからできる離《はな》れ業《わざ》だった。

「このロボット花子は、本田の技術をベースにして、私のAI技術、高山の人の行動を予想して楽しませるゲーム技術などを結集した自信作なんです。ぜひ世に出したいと思っていましたが、あんな場面で役立つとは思いませんでした。顔を男に作り変えたのは残念でしたが……」

豊田が苦笑した。

「でも、本当に樋口さんが生き返ったのかと思いました。ねえ」

香織が、美由紀と杏子に同意を求めた。

「ほんと、真面目《まじめ》に、ちょっと怖かった」

美由紀が顔をしかめた。

「本当にご無理を言って申し訳ありませんでした。あなた方が人型ロボットを作っておられると聞いて、もしかしたら活用できないかと思いましてね」

あの夜、沼尻を追い詰めるため、主水は彼らが製作した人型ロボットを樋口に似せ、沼尻の前に座らせたのである。別室で高山たちがロボットの動作を制御し、音声入力は杏子が担当した。杏子の声は、マイクを通すと樋口に似た男性の声に様変わりした。

杏子は亡くなった交際相手のことを思い出し、その口調、口癖《くちぐせ》などを似せるように努力してくれた。相当辛かったことだろう。

「樋口さんの声を演じるのは、本当に怖くてドキドキでした。沼尻が『本当の親を知りたくないのか』って言った時には、心臓が止まるかと思ったもの。結局、樋口さんの本当の親って誰なのかしら。それについては分からずじまいだったから……」

杏子が、主水を見つめた。

「あの後、木村刑事が沼尻を事情聴取しました。それによると……。樋口さんは、不正に政治資金を集めている沼尻を告発しようとして、沼尻とトラブルになった。告発されては政治生命に関わりますから、沼尻には樋口さんを殺害する動機はあります。しかし、アリバイがありました。それに……」

主水は一瞬、鼻がくすぐったくなるのを感じて、手で鼻を押さえた。悲しみで胸が詰まったのだ。

「沼尻が『息子も同然だ』って言ったことね」

香織が言った。

「そうなんです。神田川《かんだがわ》のほとり、落合に『光の養護院』という施設がありました。そこに樋口さんは幼児の頃に預けられたのです。そこの理事長をしていたのが、沼尻でした。沼尻は、よく勉強のできた樋口さんを可愛がり、大学まで面倒を見たのです。樋口さんにとって沼尻は、いわば育ての親、恩人なのです。木村刑事によると、親なし子と虐《いじ》められて学校から逃げ帰ってきた樋口さんを『負けるな』と励《はげ》ましたのが、沼尻だったそうです。沼尻は若い頃、不良でしたが、そうなったのも親に捨てられたからでした。樋口さんに自分を重ねて見た沼尻は、負けて欲しくなかったようです。『とても優しい子だった』と、沼尻は樋口さんの思い出を木村刑事に泣きながら話したそうです。『あいつは殺ってないな』というのが、木村刑事の感想でした」

「それで、樋口さんの本当の親のことは話したのですか……」

美由紀の問いに、主水は首を振った。

「『言えない』の一点張りだったそうです」

「そうですか」

杏子が肩を落とした。

「結局、樋口さんは、恩人を告発しようとしたけれど、それもできない。高山さんたちに融資もできない。融資手数料を取るという不正をやってしまったので、銀行に話すこともできない。そんな三重苦の中で、自ら死を選んでしまったのかな」

物憂《ものう》げに、香織が呟いた。

「私たちにも責任がありますね」

高山も暗い顔で言った。

「そんなことはありません。あなた方は立派な研究開発を続けてください。それが樋口さんのご供養《くよう》になります。責任など全くありません。責任があるのは、きっと……」

主水は、阿久根と名乗る謎の男が言い残した言葉を思い出していた。

——この問題は奥が深いぞ。町田の恨みもあるからな……。

「えっ、主水さん、責任があるのは誰？　誰なの？」

言い淀《よど》んだ主水の語尾を聞き逃さず、香織が詰め寄る。

「ちょっと、ちょっと、まだ何も分かりませんよ」

主水は逃げ腰になった。

「嫌だなぁ、主水さん、何か秘密にしているよ。美由紀、とっちめてやりましょう」

香織が美由紀に目配せをした。

「そうね、仲間に秘密はよくないですよ。主水さん」

美由紀が主水を睨む。

「さあ、皆さん、今日は樋口さんの月命日です。彼を偲《しの》んで飲みにいきましょう」

主水はすっと立ち上がった。

まだまだ気を抜くわけにはいかない。主水は、目の前に横たわる深い闇を見ていた。

第三章　貧困

1

見るからに異様だった。おかしい……。

多加賀主水は、支店の入り口を注視した。

そこには若い女性が立ち尽くしていた。小柄で、年齢は二十代前半といったところだろうか。

肩まで垂らした髪には艶《つや》がなく、ぱさぱさしていて脂《あぶら》っけがない。明らかに手入れを怠《おこた》っているように見える。

十月にもかかわらず三十度以上の真夏日なので、Tシャツにジーンズという軽装には一見すると違和感はない。だが、何かが引っかかる。Tシャツがやや着古され、薄汚れた印象があるからだろうか。よく見ると、足元はサンダルなのに、手からはブランドのロゴが入った紙袋を提《さ》げている。

見ようによっては今どきのラフな格好の女性なのだが、主水が特に気になったのは、彼女の目つきだった。焦点が定まらず、周囲を忙しく見回している。

庶務行員《しょむこういん》になって以来、人の動きに対する観察眼が一段と研《と》ぎ澄《す》まされてきたように感じる主水だった。

武道の達人でもある主水は、人の細やかな動きを注意深く観察して、相手が何を考え、次にいかなる動作をするか、ある程度予測できる。

しかしそれは同じ武道家であったり、敵対する暴力的な人間を相手にする時のことだ。

銀行のロビーに訪れるのは、ほとんどがお年寄りや子供、主婦といった、全く攻撃性のない人たちばかりである。そんな人たちを毎日観察していると、彼らの喜び、悲しみ、怒りなどが少しずつ理解できるようになってくる。

嬉《うれ》しいことがあった人には軽快に言葉をかけ、悲しみに打ちひしがれている人には優しく声をかける。それが、主水の庶務行員としての流儀だった。

しかし今、目の前にいる女性からは、感情が読み取れなかった。どこか心ここにあらずという感じなのだ。

主水は警戒し、他の客に悟《さと》られないように静かに女性に近づいていった。わずかに酸《す》っぱいような汗の臭いが鼻をつく。風呂に入っていないのだろうか……。主水は眉《まゆ》をひそめて、女性を見つめた。

「お客様、どのようなご用件でしょうか」

主水が声をかけると、女性は初めて主水の存在に気付いたかのように目を見開いた。

「カードローン……」

女性は一言だけ呟《つぶや》いた。主水の脳裏《のうり》に一瞬、大久保杏子の顔が浮かんだ。杏子がカードローンのノルマ達成に追われていたのを思い出したのだ。無事、ノルマは達成できたのだろうか……。

「カードローンは、営業課の方で受け付けております。お二階になりますが」

主水が二階に通じる階段に目をやった時、女性が紙袋に手を入れた。手の先に、きらりと光る物がある。

咄嗟《とっさ》に主水は、女性の手を強く握《にぎ》った。

「ワーッ」

女性が大声を上げた。

この世のものとは思えない——といえば大げさになるかもしれないが——大声

が、支店の隅から隅にまで響き渡った。

女性が目を開けたまま、涙を流している。興奮が頂点に達しているようだ。

「落ち着くんです」

小声ながらしっかりとした口調で、主水は諭《さと》した。

ロビーで順番待ちをしていた数人の客が、一斉《いっせい》に主水と女性を見た。事態をはっきり認識できていないため、誰も席を立とうとはしない。

「えへっ」

主水は、ロビーの客たちに向けて引きつったような笑みを浮かべてみせた。なんでもないですよ、というメッセージをその笑みに込めた。体調不良を訴える女性客を介抱《かいほう》しているだけなんです……と。その思いがなんとか通じたのか、客たちは主水から視線を外した。

主水を見つめる女性の荒い息が、主水の顔に吹きかかった。女性の頬《ほお》から汗がしたたり落ちている。

主水は紙袋の中を見た。

やはり包丁だった。女性の手には包丁が握られている。しかしその手は主水によってしっかりと捕まえられ、女性が振り払おうとしてもピクリとも動かない。

「その物騒なものから、手を離しなさい。このままだとあなた、大変なことになりますよ」

主水が囁《ささや》いた。

女性は、まばたきもしない。

「主水さん、大丈夫ですか」

異変を察知したのか、事務課長の難波俊樹が、焦った顔で小走りに近づいてきた。

「課長、大丈夫です。このお客様が、ちょっと興奮されたみたいで」主水はちらっと窓口の生野香織を一瞥《いちべつ》した。阿吽《あうん》の呼吸というべきか、以心伝心《いしんでんしん》というべきか、香織も主水に目配せを返してくる。

「課長、ちょっと香織さんを呼んでもらえませんか？」

「生野さんを？」

「ええ。お客様、少しお疲れのようですので、応接室でお休みいただこうと思いまして、やはり……」

主水は、笑顔のような、困惑《こんわく》したような複雑な表情を浮かべてみせた。

「合点《がってん》！　女性ですからね。お客様、もう少しお待ちくださいね」

難波は、面倒事を他人に任せられる安心感からか、弾《はず》むように飛んでいった。香織の窓口へ行き、「あのお客様を介抱するように」と指示している。「窓口業務は自分が交代するから」とでも言っているのだろう。

その途端、女性の手から力が抜けた。包丁が紙袋の中に落ちる。次《つ》いで膝《ひざ》が崩れ、女性の体がそのまま主水の腕の中に倒れ込んできた。紙袋がロビーの床に落ちる。紙袋の中で、場違いともいえる金属音が鳴った。

「大丈夫ですか」

主水は女性の体を揺すった。急がねばならない。

「主水さん、応接室へ」

駆けつけてきた香織が、床に落ちた紙袋を持ち上げた。

「あっ」

紙袋の中を覗《のぞ》いた香織が驚きの声を上げ、主水を見つめる。

主水は「騒がないように」と目で香織に伝えた。頷《うなず》いた香織は応接室に向かい、ドアを開ける。

主水はぐいっと両腕で女性を抱きかかえた。小柄な女性で幸《さいわ》いだった。想像以上に軽い。

女性を抱きかかえた主水を、ロビーにいる客が再び見つめた。何が起きたのか分からずに戸惑《とまど》いの表情を浮かべているが、誰も席を立とうとはしない。人間とは不思議な生き物だ。目の前で理解できない事態が起きた場合、体の動きが止まる。

例えば目の前に車が突然猛《もう》スピードで突っ込んできても、多くの人はその場で動けなくなってしまうものだ。

特別に訓練したスーパーマンならば危険を察知した瞬間に体を動かすことができるが、普通の人はそうはいかない。

人類の長い歴史の中で、脳の深い部分――海馬《かいば》と呼ばれる部分に危険を報《しら》せる信号が届くと「立ち止まれ」「自分を守れ」という指示が出るようになっているらしい。人類は、そうやって身を守ってきたからである。

しかし、現代社会はどうなのだろう。立ち止まると、かえって危険に身を晒《さら》すことになりはしないか。

そうはいうものの、今、このロビーにいる人たちは、誰ひとり動こうとせず、極端な無反応である。古代からの経験の蓄積《ちくせき》で、それぞれの海馬が「ここは何も反応せず、見て見ぬふりをした方が安全だ」とでも指示を出しているのだろうか。

「さあ、主水さん、ここに」

香織が応接室の椅子《いす》をベッドのように並べ替えた。主水は、その上に女性を横たわらせる。

「お医者様をお呼びしましょうか」

香織が主水に問いかけた。

「だ……大丈夫です。ご迷惑をおかけします」

女性が薄く目を開け、呻《うめ》くように呟《つぶや》いた。

「気づきましたか。香織さん、冷たい水で絞《しぼ》ったタオルと、冷たい飲み水を持ってきてくださいませんか」

主水が頼むと、香織は「はい、すぐに」と飛ぶように応接室から出ていった。

「申し訳ありません」

女性は、顔を横に背《そむ》けた。涙を滲《にじ》ませているようだった。

「いくつか質問しても大丈夫でしょうか?」

女性の涙には気付かないふりをして、主水は聞いた。

「はい」

　すると女性は主水に向き直り、先ほどよりもしっかりとした声で返事をした。目には力が戻っている。もう焦点《しょうてん》が定まっていないということはない。正気《しょうき》に戻ったようである。

　よく見ると、まだ幼さが残るような印象の女性だった。目鼻立ちが整っており、美人と称してもいい範疇《はんちゅう》に入る。

「それじゃ、お聞きしますね」主水は紙袋から包丁を取り出した。「どうしてこんなものを持ってきたのですか」

「申し訳ありません」

　女性の目から、涙が溢《あふ》れてきた。

「主水さん、はい。冷たいタオルとお水」

　香織が入ってきた。その手には氷とタオルの入ったビニール袋と、ペットボトル入りのミネラルウォーター、そして紙コップを持っている。

「驚いたわ。包丁だもの。これは銀行には預けられない」

　香織が主水の手にある包丁を指さし、苦笑した。

「もう一度お聞きしますが、なぜこんなものを持ってご来店されたのですか」

　この場合「ご来店」という言葉が適切かどうか、主水には分からなかった。

「すみません。自殺しようと思ったのです」

上体を起こした女性は冷たいタオルで顔を拭くと、ペットボトルにそのまま口をつけて水を飲んだ。紙コップは使わなかった。余程《よほど》喉《のど》が渇《かわ》いていたのだろう。

「ええっ、自殺！」

香織の驚く声が、応接室に響いた。

「たしか、カードローンって言っていましたね。何か理由があるのですか？」

主水の質問に、女性は再び顔を背けた。

「カードローンで人生を狂わされたのです。樋口一郎はいないのですか？　もしいるなら、恨《うら》みを晴らしたいと思いました」

女性は消え入りそうな声で呟いた。

「樋口さんへの恨みを晴らす？」

香織がまた目を剝《む》いた。

「樋口は亡くなりました」

主水が淡々《たんたん》と告げると、女性はペットボトルを握りしめたまま、瞬《まばた》きもせずに体を固めて主水を見つめた。

2

女性は鈴本紗枝《すずもとさえ》と名乗った。学生証によれば、有名私立・明成大《めいせいだい》の二年生である。年齢は二十歳。出身は三重県伊勢《いせ》市で、母子家庭だという。

「馬鹿だったのです」

紗枝は声を詰まらせながら語った。

東京で勉強して、大企業に就職し、母を早く楽にさせたいと思った。

母は、ヘルパーなどいくつかの仕事を掛け持ちしながら、今も必死で働いている。自分の暮らしを維持するのがやっとの収入しかない。その中から、なんとか工面《くめん》して紗枝を大学に進学させてくれた。

これ以上、学費や生活費を母に頼るわけにはいかない。

紗枝は、日本学生支援機構の「第二種奨学金」を利用することにした。奨学金とはいえ、実際は返済義務を負う利息付きの借入金である。紗枝は月々一〇万円を借りているという。大学を卒業して就職が叶えば、その給料から毎月返済していくことになる。もし延滞してしまうと、厳しい督促《とくそく》が待っている。

「年間の授業料が九〇万円ほどかかりますので、奨学金はほとんどそれに充当します。生活費は、全てアルバイトで稼《かせ》がねばなりません。奨学金が一〇万円、後はバイトで八万円ほどの収入を得ることができれば、なんとかなるだろうと思っていました。母には『大丈夫、心配しないで』と胸を張りました」紗枝は、また大粒の涙を落とした。「でも甘かったのです」

入学直後から、紗枝は高田町の蕎麦《そば》屋でアルバイトを始めた。時給は一〇〇〇円程度。授業にきちんと出席しなければ単位がもらえないため、一日に働けるのは三時間から四時間だった。それも授業が終わってからのため、午後六時や七時からとなる。せいぜい月に六万円から七万円ほどにしかならない。

「東京は華《はな》やかで誘惑が多いところです」

学友たちが楽しく遊興《ゆうきょう》に励《はげ》むのを横目で眺《なが》めながら、紗枝は授業が終わると蕎麦屋に直行した。

そんな生活でも、しばらくはなんとか耐えた。郷里《きょうり》で同じように必死で働き、紗枝の大学卒業後の幸せを夢見ている母親がいるからだった。

「しかし、疲れてしまったのです。いったい私は何をやっているのかって。母も真面目《まじめ》に働き、一生懸命《いっしょうけんめい》生きているのに、少しも楽にならない。私も頑張《がんば》っているのに、奨学金という借金が膨《ふく》らむばかりです。卒業時には五〇〇万円近くに膨らんでいます。今は少しずつ就職状況が改善されていますが、この先どうなるか分かりません。奨学金は返済できるだろうか？　借りる額をもっと少なくした方がいいのだろうか……。いろいろ考えていると、努力しても努力しても、ちっとも苦しさ、貧しさから抜け出せないような気がしてきたのです。勉強にも身が入らなくなり、友達も少なくなりました」

紗枝は、苦しい日常を訥々《とつとつ》と話した。

紗枝から樋口の名前が出たことは気にかかるが、まだどのような関わりがあるのか分からない。

「ねえ、香織さん、大丈夫かな」

主水は心配顔で香織に耳打ちした。

「なにがですか？」

香織がキリリとした表情で聞き返す。香織は、この事態に緊張感をもって対応しているのだ。

「窓口の仕事の方ですよ。難波課長には許可を得ていますが、こうやって二人して鈴木さんのお話を聞いていていいのかと……」

「主水さん、頭取命令ですよ。樋口さんの死の真相を明らかにするのは。鈴本さんから樋口さんの名前が出た以上、きちんと事情を聴くのが私たちの責任です。仕事の方は大丈夫です。私、もう一度、難波課長に断わってきますから」

香織が立ち上がった。

「お願いします」

主水が礼を言う間もなく、香織は応接室を出ていった。

さて、気を取り直して、紗枝から樋口との関係を聞き出さねばならない。

先日、樋口と都議会のドンである沼尻鉄太郎との関係を暴《あば》いたが、全てが真実かどうかはまだ分からないのである。

樋口も、紗枝と同じように苦労して大学に進学した。その過程で沼尻に世話になったことが、転落のきっかけとなってしまった。

樋口の死が自殺か他殺かは、まだはっきりしない。沼尻にはアリバイがあるが、自分の政治資金を集めるために不正ともいえる手段を講じたことは事実であり、その口封じのために殺した可能性は、依然《いぜん》として否定できない。なにせ沼尻の秘書は、暴力団天照竜神会会長町田一徹配下のあの男だ。人を殺すことなど、なんとも思っていないはずである。

そこへ来て、また新しい疑惑が持ち上がった。いったい樋口は、どういう人間だったのだろうか……。

「鈴本さん、大変ご苦労されているようで、同情いたします。ですが、あなたは『カードローンで人生を狂わされた』とおっしゃった。だから樋口さんへの恨みを晴らそうと、この支店で自殺しようとしたと……。当行としては安全管理上、看過《かんか》できない問題です。いったいどういうことでしょうか？」

主水は穏《おだ》やかな口調で聞いた。

「あのぅ、主水さんとおっしゃるのですか」

紗枝がおどおどと聞いた。

「はい。多加賀主水と申します。この支店で庶務行員をしております。まあ、よく言えば『よろず受《う》け賜《たま》わり役』です」

「よろず受け賜わり役ですか？」

紗枝が奇異な顔をした。

「簡単に言えば雑用係です」

主水は気負いなく答える。雑用係には雑用係の誇りがあるのだ。

「今流行のコンシェルジュのような方なのですね。銀行にはそういう仕事があるんだぁ」

……コンシェルジュ? ホテルのサービス係を表現するフランス語だ。なかなか気が利いていて、いいじゃないか。主水はその表現が気に入った。次の機会には『第七明和銀行高田通り支店のコンシェルジュ』と自己紹介することにしよう。

「はい。コンシェルジュですから、なんでも安心してお話しください。できることはなんでもやりますからね」

主水が微笑《びしょう》を浮かべると、紗枝は安心したように「ふうっ」と息を吐《つ》いた。

「本当に樋口は死んだのですか」

恨みがまだ消えないのか、樋口と呼び捨てにする。

「はい。残念ですが……二ヵ月ほど前に」

「病気ですか?」

「はあ」主水は顔をしかめた。「病気ではありません」

紗枝は主水の答えを聞いて前のめりになった。「じゃあ殺されたのですか?」と質《ただ》す。

「なぜ殺されたと思うのですか」

不審に思った主水は、紗枝の目を見つめた。病気ではないとすると、普通、まず浮かぶ死因は事故などではないだろうか。いくらなんでも殺人は飛躍し過ぎだ。

「私が恨んでいるくらいですから、多くの人が樋口さんのことを恨んでいると思うのです」

ようやく「さん」付けに変わった。

きりっとした目つきで紗枝が主水を見つめ返した。

「なぜ、樋口を恨んでいるのですか？」

主水は冷静に聞いた。

「私、樋口さんからカードローンを勧《すす》められたのです。それが人生を狂わせました。本当にあんなもの組まなければよかった」

紗枝は顔を歪《ゆが》め、吐き捨てるように言った。

3

紗枝は樋口との出会いを淡々と語った。

ある日、紗枝が働く蕎麦屋に、樋口が客としてやってきた。

以来、何度か来店し、話をするようになったという。

紗枝は銀行員である樋口に、生活の苦しさを相談した。

「『カードローンを組んであげようか』って優しく言ってくれたんです。五〇万円の枠で、金利は一〇・六％だけど、月々一万円程度の返済だけでいい。多くの人に利用されて喜ばれているからって……」

紗枝は大学生である。収入はアルバイトで月々数万円程度に過ぎない。そんな状態で、いわば借金など可能なのだろうか。紗枝は疑心暗鬼《ぎしんあんき》だった。

「カードローンのノルマ、きついですからね」

香織がドアを開けたまま立っている。難波課長の下から戻ってきたのだ。今の紗枝の話を聞いていたのだろう。

「この間、私も杏子さんに勧められましたよ。『主水さん、カードローンを組みませんか』って」

「えっ、主水さんにも魔の手が及んだの。私もカードローン口座を作らされたけど、封印しているわよ。使うと、返せなくなるから」

主水の隣に座るや否や、香織が眉根《まゆね》を寄せた。

紗枝が、その言葉に触発《しょくはつ》されたかのようにピクリと頭を動かした。

「そうなんです。借りた時には『すごく助かった』って気分になったのです。お金が使えるって余裕が出てしまって、今まで我慢していた買い物に対する欲望に火がついてしまって……」

紗枝は暗い表情で話を続けた。

学友たちが派手に着飾って遊ぶのを横目で見て、耐えに耐えていた堰《せき》が、カードローンによって一気に切れてしまったのだ。

借金というのは、人に不思議な効果を及ぼすことがある。返済しなくてはいけないカネだと頭では理解しているが、感情はそうではない。まるで自分のカネであるかのように、気が大きくなってしまうのだ。

返済は、毎月少しの金額でいい。大丈夫だ、ちゃんと返済できる……。こう思うと、もう借金の魔の手に心を鷲掴《わしづか》みされた状態である。その日から、返済しても返済しても少しも借金が減らないことに気付く。それどころか、利息が嵩《かさ》み、借金はどんどん増えていくばかりなのだ。そんな時に限って、予定していた収入が途絶《とだ》えることになる。こうなると一気に多重債務《たじゅうさいむ》に陥《おちい》り、自己破産へまっしぐらである。

紗枝が辿《たど》ったのも、同じような道だったようだ。アルバイトの時間が、授業の関係で確保できなくなったことで、たちまち収入が減少した。その結果、返済が滞《とどこお》り、督促に追われることになった……。

「樋口さんは酷《ひど》い人です」

紗枝が憎《にく》しみを込めて吐露《とろ》した。

主水と香織は、顔を見合わせた。意外だった。行内では物静かだった樋口が、女子大生に憎まれるほどひどい人間だったとは認識していなかったのである。

確かに「私は悪い人間です」と書かれた謎《なぞ》めいた段ボール板を首からぶら下げて、樋口は死んでいた。だが、それが樋口自身による懺悔《ざんげ》なのか、それとも悪意を持った第三者による工作なのかは、依然としてはっきりしていない。

「切羽詰《せっぱつ》まった私は樋口さんに『ローンの返済ができない』と相談しました。すると、他の銀行の人を紹介してくれたのです。その銀行の人は言いました。うちでカードローンを組めばいい。そうやってぐるぐる回すのだと……」

「どういうことなの？」

紗枝の告白に、香織が驚愕《きようがく》の表情を浮かべた。

主水にも、紗枝の話が理解できなかった。他の銀行を紹介する？　いったいどういうことなのだろうか……。

「私の頭の中には、もう返済のことしかありませんでした。そこでその銀行の人に言われるまま、紹介された他の都市銀行や地銀の人たちに会って、次々とカードローンの手続きをしたのです。どの銀行の人も、嬉々《きき》として手続きをしてくれました」

「それって……」香織が絶句した。

「要するに樋口さんは、他の銀行の営業担当者と組んで、カードローン客を斡旋《あっせん》し合っていたかもしれないということですか？　当然、樋口さんも他の銀行の担当者からカードローン客の紹介を受けていたということですか」

主水は香織に聞いた。

香織は不安げな表情で「信じられない……」と呟いた。

「それはいいことではないですね」

主水は香織に念を押した。

「勿論《もちろん》です。ローンは審査に合格した人にだけ提供する商品です。紗枝さんのように、返済に苦しんでいる人に……ましてや他の銀行の営業担当者と組んで、ローンを提供するなんて……。絶対にしてはいけないことです。きっとスコアリングというローンの審査もごまかしていたのでしょう。樋口さんが担当していたカードローンを、至急《しきゅう》調査する必要があります」

香織は怒りのこもった口調で言った。

「ノルマに追われていたのでしょうか」

主水の胸に去来したのは、怒りよりも悲しみだった。

「そうだと思います」

香織は頷いた。

香織によると、どの銀行も営業担当者にカードローンの過剰《かじょう》なノルマを課しているようだ。

消費者金融は、かつては専門業者が担《にな》っていた。ところが多重債務問題が世間を騒がすようになり、「年収の三分の一」という貸付上限が課せられた。また専門業者は過去の過払い利息の請求増加などで業績が悪化し、次々と銀行の傘下《さんか》に組み込まれてしまった。

このため消費者金融の主役に、銀行カードローンが躍《おど》り出たのである。銀行には貸付上限規制がないため、融資《ゆうし》残高が急増した。

「二〇一六年末には前年度に比べて九・四%も増え、融資残高は五兆六〇〇〇億円以上。専門業者の四兆一〇〇〇億円より多くなったのよ」

香織は以前からカードローンに対する問題意識が強かったらしく、数字を正確に覚えていた。

「すごい金額ですね。やはり低金利と、貸し出し先が少ないことが原因なのでしょうか」

主水が眉根を寄せた。

「低金利化で、利益が上げられるのはカードローンだけってことね。間違っていると思う。第七明和銀行でも、カードローンのノルマで営業担当者は汲々《きゅうきゅう》としていますから」

「なんとかしないといけないですね」

疲れきったような表情の紗枝を見て、主水は思案した。

「結局、私は、学生なのに二〇〇万円も借りることになったのです。銀行の人に言われるままに書類を書いて、押印《おういん》してしまいました。返済なんてできません」

ついに紗枝は両手で顔を覆《おお》った。

「自己破産しかないですね。弁護士を紹介しましょうか？」

香織が親身な様子で聞く。

自己破産というのは、借金の返済が困難になった人が、破産して債務の返済を逃《のが》れる手段である。

自己破産すれば官報に掲載されるものの、それほど大きなデメリットはないと言われている。とはいえブラックリストに掲載され、クレジットカードが契約できないなど、多くの金融取引から疎外《そがい》されるため、社会生活に支障《ししょう》をきたすことは事実である。

それにしても、紗枝にローンを提供し、債権を保有している当の銀行の行員である香織が、債務者に自己破産を勧めるとは、不思議なことだ。もっと言えば異常なことのように思える。

一方、香織は何かに怒っているように見えた。

「香織さんが債務者に自己破産を勧めるなんて、そんなことをしていいんですか?」

圭水は小声で聞いた。

「彼女のように若くて金融知識のない女性を、皆で寄ってたかって多重債務に陥れる銀行を、私は許せません。それに今、カードローンによって、再び自己破産者が増加しているんです。以前、消費者金融業者や闇金融業者に起因する多重債務者の増加が社会問題化しましたが、その再来です。銀行のローンは人々を生かすためにあるのに、逆に人々を苦しめるなんて許せません」

香織の言うように、自己破産者は近年、増加傾向にある。

二十六年前——一九九一年には一万一〇〇〇件程度だった自己破産の数が、バブル崩壊とともに急増。一九九八年には、二五万二〇〇〇件を数えた。その後は減少を続け、二〇一五年には七万一〇〇〇件にまで落ち着いたものの、二〇一六年、再び数百件の増加に転じている。

その大きな要因が、カードローンである。

「特に中高年の自己破産者が目立つのです。一九九七年には、自己破産者のうち四十歳以上の層は六八%でした。が、二〇一四年には、全体の七六%を四十歳以上の中高年が占めているのです。これは消費者金融が減少した分、銀行カードローンが五兆円以上にも増加したからです」

香織の怒りは本物のようだった。誰か身近に自己破産した人物でもいるのかもしれない。

「私も自己破産をしたいと考えました」紗枝が顔を俯《うつむ》けた。「実際、卒業後に奨学金が返済できなくて自己破産をする人がいます。でも、そんなことをしたら、ぎりぎりの生活をしている母に督促が行き、母まで自己破産しなくてはいけなくなるんです。私がカードローン地獄に堕《お》ちたせいで、母までもが地獄に堕ちてしまうんです。それで私、どうしようもなくなって……。樋口さんに相談したんです。そうしたら……」紗枝は絶句した。息を詰まらせ、呻くような声を出す。

「助けてください。殺されます」突然、紗枝が主水にすがりついてきた。

「どうしたのですか? カードローン以外に、なにかあるんですか?」

主水は紗枝の体を支えた。

4

「ひどい。樋口さんがそんな人だったなんて」

香織が大きな声を上げた。

「しっ」

主水は人差し指を口に当てた。

「樋口さんは、私に売春を強要したんです。本当です」

紗枝の目は泣《な》き腫《は》らして赤くなっていた。

「つまり、こういうことですか」主水は、紗枝が興奮しながら飛び飛びに話した内容を、冷静に要約しようとした。「カードローンの返済ができないことを樋口に相談すると、彼はある男を紹介してくれた。その男が、また別の男を紹介してくれた。その男は、なんと同じ明成大学の学生だった。その学生は、あなたをマンションの一室に閉じ込め、客を取らせて売春を強要した……というのですね」

紗枝の服装がやや汚れ、乱れているのは、その明成大学の学生のマンションに閉じ込められていたからだという。

「追いかけられたのですが必死で逃げてきました。しかししつこく私を探しているに違いありません」

紗枝は怯《おび》えた。

「主水さん、これって犯罪でしょう」

「彼女の言うことが事実なら、その通りですね」

主水は眉根を寄せた。

「新田秘書室長が『樋口さんの死の真相を調べて欲しい』と仰《おつしや》ったのは、こんな犯罪に樋口さんが絡《から》んでいたからじゃないですか」

先ほどのカードローンの件といい、香織の怒りはもはや爆発寸前だ。

一方で、主水は冷静に疑問を抱いていた。

あまりにも、樋口の印象が違いすぎる。樋口自身が孤児として育ち、貧しい暮らしを強《し》いられてきた。そんな彼が紗枝に同情こそすれ、虐待《ぎゃくたい》ともいうべき仕打ちをするだろうか。

「紗枝さん、もう一度確認したいのですが、樋口が全て悪いのですか？」

主水は神妙《しんみょう》な顔つきで尋《たず》ねた。

紗枝は、疲れた目で主水を見つめて「はい」と小さく頷いた。

「他の銀行の行員を紹介して、本当に無理矢理カードローンを組ませたのですか？」

「はい」

「そうですか。そういった行為は、銀行員として問題です。樋口らしくない……」

「疑うのですか。私の言うことを」

途端《とたん》に紗枝が怒りの表情を浮かべた。

「いえ、そういうわけじゃありません。樋口は、あなたにカードローンを作らせた。そして返済できないとなると、あなたに売春を強要して、その対価で借金を返すように仕向けた……。そういうことですか」

「はい」

紗枝は、はっきりと断定した。

「樋口は、あなたが困っているのを知って、ある男を紹介したんですね？　その男はどんな男でしたか？」

主水の問いに、紗枝は思い出すように上目遣《うわめづか》いになった。

「なんだか目つきの鋭《するど》い男だったと覚えています。ヤクザかもしれません」

「ヤクザ？　ヤクザなの」

香織が、また驚きの声を上げた。

「どうかは分かりませんが、ちょっと怖い人でした」

紗枝が自信なげに言った。

「その男が、明成大学の学生を紹介したのですね。その学生があなたをマンションに閉じ込めて売春を強要した。そういうことですね。売春を強要したのは樋口じゃないんですね」

主水は、直接的に売春を強要したのが樋口ではないことを強調した。誘導尋問《ゆうどうじんもん》になりはしないかと懸念《けねん》しつつ……。

「そう言われればそうですが、でも結果を見れば、樋口さんも仲間ですよ。絶対に」

　紗枝が強く言いきった。

「カードローンに関しても、同じではないですか。あなたにカードローンを最初に勧めたのは、確かに樋口かもしれない。ですが『自己破産できない』というあなたの窮状《きゅうじょう》を聞き、たまたま他行の銀行員に相談した。そうしたらズルズルと、あなたはいろいろな銀行から借りるはめになった。そうではないですか？」

「それだと私が悪いみたいじゃないですか」

　紗枝は身を乗り出した。主水の言葉に本気で怒っているように見える。

「そう聞こえたのなら申し訳ありません。私たちの知っている樋口の言動と、あまりに違いがあるものですから」

　主水は頭を下げた。

「……私も怒ったりしてすみません。もう、私、どうしていいか分からなくなっているものですから。興奮してしまいました。確かに主水さんのおっしゃる通り、樋口さんは私に同情してくれました。しかし『金が要《い》るんだよね』とも仰っていました。だから私をあちこちに紹介することで、何かしらの収入を得ていたのではないかとも思うのです。全てのきっかけを作った樋口さんを恨んで、ここで死のうと思ったのは、そのためなのです」

言い終わると、紗枝は再び泣き始めた。

「どうするの？　主水さん」

香織がやるせなさそうな様子で聞いた。

「このまま帰すわけにはいかないでしょうね」

主水は答えた。

「私をどこかに匿《かくま》ってください。そうしないと、男が探しにきます。捕まったら、何をされるか分かりません」

紗枝が怯《おび》えて俯く。

「鈴本さんが監禁されていたマンションの場所と、その学生について教えてくれますか？」

主水が聞くと、紗枝は学生証のコピーを見せた。マンションの住所は、その裏面に書かれていた。紗枝が男の目を盗んで、パソコンのプリンターでコピーしたのだという。

「預かりますね」

「ええ、天誅《てんちゅう》を加えていただきたいくらいです」

紗枝は顔を上げた。その目は、怒りに震えていた。

「主水さん、天誅ですって」

香織が薄く笑みを浮かべた。「主水の出番」と言っているのだ。

「さて、鈴本さんを匿うところね……」

主水は首をひねった。

「公的機関や民間にＤＶや性犯罪などから女性を守る保護施設があるけど……、それを調べてみましょうか」

香織が提案した。

「お願いします。しかし当座をどうするかですね」主水は何か閃《ひらめ》いたのか、スマートフォンを取り出し、電話をかけた。「ああ、すみません。お願いできますか」主水の表情が柔らかくなった。

「『あおい』の女将《おかみ》さんが預かってくれるそうです」

主水が香織に笑顔を向けた。

「中野坂上の主水さんが行きつけのお店ですね」香織も微笑《ほほえ》んだ。「良かったわね。紗枝さん。とてもいい人があなたの面倒を見てくれるから安心して」

「ありがとうございます」

紗枝は涙を流して頭を下げた。

「香織さん、ちょっとお願いしていいですか？」

主水が言った。

「鈴本さん、何も日用品をお持ちでないし、ちょっとこの格好《かっこう》ではね」

主水は財布を香織に渡した。

「そんなことまで……申し訳ありません」

紗枝は再び目を落とした。

「この程度のこと、気にしないでいいですよ。後のことやローンのことは、ゆっくりと考えましょう。それよりも樋口が本当に悪い人だったのか、そのことを思い出してください。お願いします」

主水が頭を下げた。

「じゃあ、買ってきます」

香織は、再び勢いよく応接室を飛び出した。

主水は「さて、どうしたものか」と独りごちた。

5

主水は、紗枝を「あおい」に連れていき、匿ってもらうことにした。

「あおい」には高田署の木村刑事も呼んだ。

樋口に関わることで、犯罪の疑いもある以上、調べてもらわないわけにはいかない。

加えて彼女の身許《みもと》が、本当に「鈴本紗枝」という女性で、明成大学二年生であるかどうかも調べてもらうことにした。学生証を偽造し、偽名を名乗っているかもしれないからだった。

主水は「あおい」のカウンターで遠慮がちに遅い昼食をとっている紗枝の目を盗んで、木村に二枚の学生証のコピーを見せた。紗枝のものと、売春斡旋の疑いがある男子学生のものである。

「こいつが、彼女に強制的に客を取らせていたらしいのです。調べてくれませんか」

主水は、学生証の裏に書かれたマンションの住所を示し「私も銀行の仕事が終わったら、ちょっと行ってみますから」と言った。

そのマンションは、高田町からそれほど離れていない中井町《なかいちょう》にあった。

高田通り支店での勤務を終えた主水は、散歩がてら歩いていくことにした。

高田通りの喧騒《けんそう》を抜け、神田川に沿《そ》って歩く。夕暮れとなり、ようやく秋らしい気持ちのよい風が、主水の首筋を撫《な》でてくれた。

この辺りの神田川は深くえぐられ、川の底は遥《はる》か下に見える。かつて大雨が降ると頻繁《ひんぱん》に氾濫《はんらん》したため、川底を深くし、コンクリートで固めたのだという。

おかげで氾濫は少なくなったが、コンクリートで固められた川というのは、どうにも風情《ふぜい》がない。周辺の家々がどこか寒々しい印象なのも、そのせいかもしれない。もし川の堤防が土で作られ、野の花が咲き乱れていれば、この辺りの景色ももっと温かくなっていただろうに……。

ふと、背後に人の気配がした。先ほどまでは誰も歩いていなかったのだが、誰かが自分と同じ方向に向かっている。

それも、ただ歩いているのではない。主水と一定の間隔を保っているようなのである。

沼尻の秘書阿久根雄三のことを思った。そして、紗枝が話していたヤクザと見間違う鋭《するど》い目の男とは、もしかしたら阿久根ではないのかと想像した。

でも、なぜ阿久根が……そう思考を巡らせた瞬間、背後から強烈な殺気が迫ってきた。主水は体を可能な限り丸めるようにして、その場に縮こまった。鋭く光る物が、主水の頭上で空《くう》を切る。主水は立ちあがると素早く前方に飛び、くるりと体を反転させた。

「どこの誰かは知らねぇが、多加賀主水と知っての狼藉《ろうぜき》か！」

主水は、腹の底からの大音声《だいおんじょう》で相手を恫喝《どうかつ》した。

目の前には、黒いTシャツの男がいた。阿久根ではない。若い男である。

「くそっ」

男は両手でナイフを握りしめ、中腰になって主水を睨《にら》みつけた。赤茶色に染めた髪、細く剃《そ》った眉、吊《つ》り上がった目、突き出た頰骨《ほおぼね》に無精髭《ぶしょうひげ》……。チンピラだろうか。

「止《や》めろ。ケガするだけだぞ。誰に頼まれたか知らねぇが、さっさと行け」

主水は男を睨み返し、ぐっと右足を踏み込んだ。

その時、男が「キェーッ」と叫んでナイフを前に突き出したまま、主水に向かって突進してきた。

主水は、軽くステップを踏むように右に飛んだ。急に目の前から主水が消えたかのように錯覚《さっかく》した男は、トットッとたたらを踏み、前へつんのめった。その一瞬の隙《すき》を主水は逃さず、男の尻を回《まわ》し蹴《げ》りの要領で力いっぱい蹴った。果たして男は体ごと飛んでいき、地面に頭から落ちた。カランという金属音。男がナイフを落としたのだ。

主水は男の背後から襟《えり》を摑《つか》み、首を締め上げた。

「おい、誰に頼まれたんだ」

普段とは打って変わって低くドスの利《き》いた声で、主水は質《ただ》した。

男は顎《あご》を上げ、顔を鬱血《うっけつ》させ、額《ひたい》から汗を垂らしている。

「く、苦しいっ」

「誰に頼まれたんだ。言わねぇと、もっと苦しくなるぞ」

「言う、言うから緩《ゆる》めてくれ」

男は息も絶え絶えに声を絞り出した。

「主水さん、大丈夫だったか」

主水の背後から声をかけてきたのは、木村だった。

「木村さん、どうして？」

主水は再び男を締め上げた。

「うっ、うっ」

男が白眼を剝き、口から泡を吹いた。

「忙しそうだな。主水さん」

「この変な男が近づいて襲ってきたんです。ナイフはそこに落ちていますから」

主水が道路に落ちたナイフを目で示した。

「あらら、相手が主水さんだと知って襲ったのかね。馬鹿な野郎だ」

木村は薄笑いを浮かべながら、ポケットからハンカチを取り出し、ナイフをくるんだ。

「いきなりだったので驚きましたが……」

主水は、男の顔を木村に差し向けた。

「もう、気を失っているぜ。あらら、ちょっと待てよ。こいつ……」

木村は男の顔を摑むと、まじまじと見つめた。

「知っている男ですか」

「知っているもなにも、鈴本紗枝に売春を強要していた野郎だぜ」

主水は驚いて男の顔を確かめた。言われてみれば、先ほどの学生証に貼り付けてあった写真に似ている気がする。

「こいつ、なぜ」

「こいつは明成大学の学生なんかじゃない。町田一徹の天照竜神会の周辺をうろつくチンピラヤクザで、女に売春などをさせて暮らしている野郎だ。ちょっとイケメンのふりをしていて、学生を気取って女を騙《だま》すような腐《くさ》った奴だよ。特に貧困女子っていうのかね。金に困った女を騙す最低野郎だ」

不味《まず》い物でも食べたかのように、木村が吐き捨てた。

主水は、男が襲ってきた理由を考えた。

男は紗枝を探し回り、高田通り支店に入ったのを見たのだろう。そしてその後中野坂上の「あおい」に連れていかれるのも……。

「町田の仲間……」

紗枝が匿われたと察知したのか、あるいは誰かの指示なのか、男は主水の尾行を開始した。勤務を終えた主水が問題のマンションに向かっていると勘付いた男は、悪事が露見する前に主水を痛めつけようと、背後から襲いかかった……。たかが銀行の雑用係だ、ナイフで脅《おど》せば紗枝を解放し、余計な口出しはしないと甘く見たのだろう。

主水はハッとして、木村を見上げた。

「鈴木さんの居所が、奴らに分かってしまったかもしれない。『あおい』で匿うのは不味くないですか」

「そうだな。こいつに仲間がいるかもしれねぇ。主水さん、俺はこいつを署にしょっぴいていくから、主水さんは『あおい』に戻ってくれ」

主水は、気を失った男を木村に預けた。木村は男を後ろ手にして手錠《てじょう》をかけた。頬を何度か強く叩く。「起きろ！」と木村が叫ぶと、男は「うーん」と唸《うな》り声を上げた。

「では、頼みます」

主水は「あおい」に急いだ。町田の配下の者が紗枝を取り戻そうとしたら、やっかいなことになる。焦る気持ちを抑《おさ》えてタクシーを探したが、こんな時に限って一台も走っていなかった。地下鉄を乗り継ぐしかない。高田馬場駅に着いた主水は、ホームへと続く階段を急ぎ足で駆け下りる。電車を待ちながら、香織に連絡を入れた。

「香織さん、主水です。すぐに『あおい』に来てくれませんか。できれば美由紀さんにも来てくれるように、お願いしてください」

「えっ、おごってくれるの」

香織の弾《はず》んだ声。

「違います。鈴本さんに緊急事態です」

主水の焦った声が、地下鉄の入線する音に掻《か》き消された。

椿原美由紀も呼び出したのは、主水には紗枝の一件の他にもやるべきことがあると、自分自身で確信していたからである。

6

紗枝は無事だった。

しかし安心はできなかった。木村があのチンピラヤクザを取り調べてくれるだろうが、町田が背後にいるとすれば、警戒を強化しなければならない。

紗枝には、他人目《ひとめ》につかぬように変装してタクシーで香織の叔父《おじ》である神無月《かんなづき》隆三《りゅうぞう》の自宅に移ってもらった。いずれ近いうちに、紗枝を女性向け保護施設に入居させるつもりだった。その後は弁護士を入れて、家族とも相談させ、自己破産の手続きをとらざるを得ないだろう。不幸な女性を一人、増やしてしまうことになるが、仕方がない。

もし仮に、紗枝に売春を強要した男が組織として動いていたのではなく、単なるチンピラのシノギとして独自に仕切っていたならば、紗枝は背後にいる町田の悪の手から逃れることができるかもしれない。男がトカゲの尻尾《しっぽ》のように組織から切られるだけだ。その真相は、それほど遠くないうちに木村が明らかにしてくれるはずである。

背後に天照竜神会が関与していなければ、紗枝はしばらくすれば大学にも戻れるようになる。不幸な中にも、そういった微《かす》かな希望を見出《みいだ》したいと主水は願っていた。

当初は樋口のことを恨んでいた紗枝だったが、神無月の自宅に落ち着くと「樋口さんだけが悪いんじゃないです」とこぼした。「私が甘かったのです」

カードローンの返済ができないと紗枝に相談された樋口は、どうしたらいいか悩んだのだろう。その時、たまたま知り合いに他行の行員がいた。樋口が困っていると聞き、他行の彼は、自分の銀行でカードローンを組み、その中で返済をしていけばいいと提案した。そのうちアルバイトも順調になり、収入が増えるだろうから……と。

紗枝は、すぐにでも督促の苦しみから逃れたいがために、その提案を受け入れようとした。しかし樋口は、一度は反対したという。

「そんなことをしたら多重債務になるから」と。

樋口の反対を押し切って、紗枝は別の銀行からカードローンを借りた。そうやって芋《いも》づる式に取引銀行が増えていったらしい。

よくよく考えたら、それは樋口の責任ではない。とはいえ、転落の引き金を引いたのは樋口だ。その思いが募《つの》って、銀行に刃物を持っていってしまった……と紗枝は悔《く》やんだ。

しかし主水には、まだ気になることがあった。かつて紗枝の前で樋口がこぼした「金が要るんだよね」という呟きだ。

樋口は、紗枝のような貧困に陥った女性を食い物にし、いくらかの手数料を稼ぐ連中の一員に堕《だ》していたのだろうか。そのような疑いを持ちたくはないが……。貧困者が貧困者を搾取《さくしゅ》していく不幸の連鎖《れんさ》の構図に、主水は涙を流さざるを得ない。

そのことが、あの「私は悪い人間です」という謎の段ボール板に繋《つな》がっていくと思えなくもない。

主水は改めて、不幸な人を増やす銀行のカードローンに対して、激しい怒りを覚えた。

紗枝を神無月邸に送り届けて「あおい」に戻った主水を、香織と美由紀が出迎えた。

「美由紀さん、吉川頭取を高田町稲荷《いなり》神社に呼び出せませんか？」

暖簾《のれん》をくぐるなり問いかけた主水に、美由紀は「できますよ」とすぐさま頷いた。「なにせ吉川頭取は、息子の駿《しゅん》さんが誘拐《ゆうかい》された事件以来、毎月必ず高田町稲荷神社にお参りしています。私も時々、お供をさせられるんです。今月は、まだ行っていないはずですから」

吉川は「聖杯教会」事件の際、高田町稲荷神社の使いである狐面《きつねめん》の男に助けられて以来、熱心な稲荷信者になったようなのである。

「それは好都合です。ぜひお呼び出ししてください」

「主水さん、何を考えているの？」

香織が興味津々《きょうみしんしん》といった表情をした。

「香織さん、出番ですよ」

「えっ、私？」

「そうです。今こそ、銀行の姿勢を糺《ただ》しましょう」

主水は、大きく頷いてみせた。

7

高田町稲荷神社の石段を上る吉川の首筋に、汗が光った。

秋なのに今夜は蒸し暑い。月は厚い雲に覆われており、辺りは薄暗い。

吉川の足元を照らしているのは、石段を上った先に灯籠《とうろう》代わりに立てられた二基の提灯《ちょうちん》だけだった。

「椿原君、ここの神社には助けていただいたんだよ。駿がいなくなって途方に暮れていた私を救ってくれたのは、このお稲荷様だった」

吉川は気持ちを弾ませて、石段を踏みしめている。

「はい。頭取がお稲荷様を深く信仰されるようになったとお聞きしたものですから、新田秘書室長にご相談して、今月もお供させていただきました」

美由紀が吉川に寄り添うように歩く。

「本当に誘ってくれて有難い。忙しいスケジュールの合間を縫《ぬ》って毎月お参りするようにしているのだが、今月は、まだ来ることができていなかったからね」

ようやく本殿の前に辿《たど》りついた吉川は深く頭を下げると、自らの財布を開き、賽銭《さいせん》箱に賽銭を入れた。そしておもむろに鈴緒《すずお》を摑み、鈴を鳴らす。

二回、深く礼をし、正面を向き、二回、手を叩《たた》く。そして再び一礼。頭を上げた時、それまで真っ暗で何も見えなかった本殿の内側が、ぼんやりとした灯《あか》りに照らされた。

「ん?」

目を凝《こ》らした吉川は、首を傾《かし》げた。

「椿原君?」

背後に控えているはずの美由紀の気配が、いつの間にか消えていた。呼びかけても何の返事もない。吉川が慌《あわ》てて振り返ると、そこには誰もいなかった。

「椿原君、どこに行ったのかね」

再び本殿に向き直った吉川は、提灯の薄明かりの中に白いものが三体、浮かんでいるのを見た。

吉川は、身を乗り出すようにして本殿の中を覗き込む。

白い三体が、つつーっと音もなく吉川に向かって進んでくる。次第《しだい》に形がはっきりしてきた。

「お狐様！」

吉川は声を上げた。

白装束《しろしょうぞく》の大柄な狐が真ん中に立ち、その左右に小柄な二体の狐が従っていたのである。

「吉川様」

大柄な狐が、囁くように話しかけてきた。その声には、地の底から、あるいは逆に天上から聞こえてくるかのような、荘厳《そうごん》な響きがあった。

「はい。お狐様、いろいろお助けいただき、心から感謝しております」

慌てて吉川は手を合わせる。

「今回は、私からのお願いです」

狐が告げた。

「お狐様、なんなりとおっしゃってください。今日の私があるのは、あなた様のおかげと感謝しておりますので」

手を合わせたまま、吉川は答えた。

「あなたの銀行では、カードローンという商品を、行員に過剰なノルマを課して販売しておられるようですね」狐が続けた。「この商品は、多くの不幸な人を作り出しています。いわゆる多重債務者を生み出しているのです。あなたは『第七明和銀行を利益追求企業ではなく、人に役立つ企業にする』と宣言されて、頭取に就任なさいました。ぜひとも、このカードローンの過剰なノルマを廃止し、不幸な人を少なくしてもらいたい。お願いいたします」

大柄な狐が話し終えると、左右の小柄な狐が、手に持った神楽鈴《かぐらすず》を鳴らした。神楽鈴の音《ね》が本殿内に響き渡ると、その瞬間に内部の灯りが消え、暗闇が戻る。

「カードローンのノルマを廃止せよ、か……」

ようやく両手を離した吉川は呟いた。

「頭取。随分《ずいぶん》と長い間、お祈りされていましたね」

背後から優しげな声がした。

吉川が振り向くと、そこには美由紀が控えていた。

「おっ、椿原君。君、どこかへ行っていたのか」

「いえ、ずっと頭取が頭をお下げになっているのを見守っておりました」

美由紀は笑みを浮かべた。

「そうかね。今のは夢だったのか……。実はね、今、お狐様が顕《あら》われて、注文をつけられたんだよ」

吉川も楽しそうに笑みを浮かべた。

「どんな注文ですか」

美由紀が聞くと「ははは、それは内緒だよ」と吉川は声に出して笑った。「しかし、人の役に立つことをせよということだ」

「それは良いことです。では参りましょうか」

美由紀は言い、本殿に向かって頭を下げた。

8

「主水さん、これを見てください」

早朝、主水が支店の入り口を掃除《そうじ》していると香織が両手で新聞記事の切り抜きを目の前に広げた。

「なんですか。嬉しそうですね」

主水は新聞記事を覗き込む。

「第七明和銀行はカードローンを業績評価目標から外すことを決めた。同時に多重債務者の生活再建のために活動するNPO法人を支援することも決定した。行員への過度なカードローンのノルマが多重債務者を生み出しているという批判に応《こた》える措置《そち》で、他の銀行の営業活動にも影響を与えそうだ……。これはこれは、良かったですね。香織さんの思いが通じましたね」

主水が笑みを浮かべた。

「えへん、至誠《しせい》、天に通ず、ですね」

香織が満足そうに言った。

「それを言うなら、お稲荷様に通ずでしょう。お揚《あ》げさんを持って高田町稲荷神社にお参りしましょうか?」

「そうしましょう。紗枝さんも元気になったようですからね」

香織はスカートの裾《すそ》を翻《ひるがえ》して、支店内に入って行った。

「日々《ひび》是《こ》れ好日《よきひ》……か」

主水は青く澄《す》み渡った秋空を見上げた。

第四章　不倫疑惑

1

オーク製のテーブルに、コーヒーカップが三つ。多加賀主水と生野香織、椿原美由紀の三人は、喫茶「クラシック」で流れる音楽に身を委《ゆだ》ねていた。

モーツァルトの『クラリネット協奏曲』である。バイオリンやチェロの優雅で流れるような旋律《せんりつ》を背景に、クラリネットの軽快な調べが心地《ここち》いい。

「吉川頭取は黙《もく》して語らず、よ」

美由紀が、コーヒーカップの中をスプーンでかき回した。所在《しょざい》なげな様子だった。

第七明和銀行のトップである吉川栄頭取は旧明和銀行の出身だが、内部対立を解消し、融和《ゆうわ》を実現しようと腐心している。

吉川が秘書室長の新田宏治――前高田通り支店長――を通じて、死んだ行員樋ロ一郎の謎を解明するよう主水に命じてから、早《は》や二ヵ月……。

主水は、吉川が自《みずか》ら主水に特命を下した、その理由を知りたいと思った。そこで、本店勤務の美由紀に依頼して、吉川に尋《たず》ねてもらうことにしたのである。

美由紀の所属先は企画部だが、何かにつけて新田と行動を共にしているため、吉川からの信頼も厚い。それは頭取と一行員という関係を越えて、父と娘のような印象さえ受ける。

「頭取に一番信頼されている美由紀さんが聞いてもダメでしたか？」

主水は、カップに残ったコーヒーを飲み干した。

「美由紀は企画部だけど、実際は頭取の隠れ秘書みたいなものなのにね」

「講演の時なんか、『すぐに資料を作ってくれ』って頼むのにね。この間なんか、ビットコインについて話さなくてはならないから、少し解説してくれって言うのよ」

「へぇ、ビットコイン？　美由紀、詳しいの」

香織が感心したように唇《くちびる》を尖《とが》らす。

「そこまで詳しくはないわよ。慌《あわ》てて本を読んだの。もう一夜漬《いちやづ》けもいいところ。二〇〇八年、サトシ・ナカモトと名乗る謎の人物が、インターネット上に論文を掲載したこと。ビットコインは、ナカモトがその構想に基づいて作った、インターネット上で現金のように使える仮想通貨だってこと。それが日銀のコントロール外にあること……。全部、本の受け売りだけど、なんとか説明したわ」

美由紀の話を、香織は興味深く聞いていた。本店で働く美由紀を羨《うらや》ましく思っているのかもしれない。

「それ、銀行は利用できるの？」

香織が聞く。

「今、フィンテックって言ってね、金融《ファイナンス》と科学技術《テクノロジー》の融合が新しいビジネスとなって、私たちの銀行ビジネスにも進出してきているのね。その代表格がビットコインなの。この通貨の仕組みに利用されている『ブロックチェーン』という取引を記録する元帳《もとちょう》を上手《うま》く使えば、安全で手数料を安くして送金することができるみたいなのよ」

「へぇ、時代は動いているんだね」

そこで香織は関心が薄れてしまったのか、コーヒーに添えられた小さなマカロンを口に入れて「美味《おい》しい」と顔をほころばせた。

「それよりも、吉川頭取が黙《もく》して語らずとはどういうことですか？　なぜ樋口さんの死に関心を持つのか、答えてはくれなかったのですか？」

主水が話を元に戻した。このままよく分からないビットコインの話を聞かされてはたまらない、と思ったのである。

「ああ、その話をしないといけない」美由紀が気を取り直した。「あの日、高田町稲荷《いなり》でカードローンのノルマ廃止のご宣託《せんたく》を受けた帰りに、その件をお尋ねしたのです。樋口さんの死の調査を命じられたのは頭取ご本人とお聞きしていますが……って」

「そうしたら、なんて？」

香織が身を乗り出すようにして関心を示した。

「あっ、なに、それ？　って感じなのよ。黙して語らずというより、無関心なの」

美由紀が困惑《こんわく》した表情を浮かべる。

「えっ、なにそれぇ」香織が呆《あき》れたような声を出した。「頭取からの指示だって言ったのは新田秘書室長でしょう。新田さんが嘘《うそ》をついてるの？」

「そうかも……。いったいどうなっているのかしら」

美由紀の表情が曇《くも》る。

「いや、やはり頭取からのご指示でしょうね」

主水は断言した。

「えっ、どうして？」

美由紀と香織が、同時に主水の顔を見る。

「自分の銀行の行員が亡くなったことを尋ねられて、無関心でいられると思いますか？　樋口さんの死について詳しく知らないなら、美由紀さんに質問するでしょう。もし極秘調査を命じたのが頭取ご自身でなければ、いったい誰がその調査を命じたのか、頭取も知りたくなるのが人情ではないでしょうか。無関心であることが、実は、自分が調査を命じたことを示している。そう思います」

主水は冷静に説明した。

「うーん、なるほどね」

香織が納得したように頷《うなず》く。

「でも、それなら悲しい」

美由紀が目を伏《ふ》せて落ち込んだ。

「どうして？」

香織があっけらかんと聞く。

「だってさ、頭取は私のことを信頼してくれていると思っているのにさ。なにも言わないで、とぼけるなんて……。ちょっと腹が立たない？」

「まあ、美由紀の言うことも分からないでもない。どう、主水さん」

香織が主水に問いを投げた。

「新田さんがわざわざ『これは頭取からの指示だ』と嘘をつく必要はありません。同じ支店で仕事をしてきた私たちの仲ですから、率直《そっちょく》に『樋口さんの死の真相を調べて欲しい』と言えばいいだけです。新田さんが嘘をついていないとすると、やはり頭取からの指示ということになります。それなのに頭取が何も答えないというのは、つまり『言えない』のでしょうね。それほど問題の根が深い。指示を出した本当の理由を明かせば、他の誰かに迷惑がかかるのかもしれません。私たちが、その『誰か』のことまで調べてしまいかねませんからね。警察は自殺と判断しましたが、実際、樋口さんは自殺だったのか他殺だったのか、その真相を知りたい『誰か』がいるということでしょう」

主水は、遠くを見つめる目になった。

「主水さん、誰かって誰ですか？」

香織が顔を主水に近づけた。慌てて主水は体を離す。

「分かりません。まだ……。ただし、樋口さんの出生に関わることでしょうね」

「樋口さんが孤児だったってこと?」

美由紀の質問に、主水は頷く。

「IT関係の若者たちのために都議会のドンである沼尻鉄太郎に近づいた件も、カードローン地獄に苦しんだ紗枝《さえ》さんの件も、貧しい人を何とか助けようとして、結果として上手くいかなかったのではないかと思います。その行動原理は銀行員としてというより、樋口さん自身が孤児として苦労された経験から来るものではないかと……」

「そういえば……。それらが上手くいかなかったので『私は悪い人間です』というダイイング・メッセージを遺《のこ》したのですか」

「それはまだ分かりません」

美由紀の仮説に、主水は首を横に振った。

「ねえ、主水さん」

唐突《とうとつ》に、香織が深刻な顔を主水に向けた。

「どうしましたか?」

「あの話……聞いています?」

香織は目だけで何かを訴えようとしている。

「何をですか?」

主水が首を傾《かし》げると、香織はようやく口を開いた。

「不倫。あくまで噂《うわさ》ですよ。樋口さんが不倫をしていたって噂」

「えっ、本当なの?」

美由紀が驚く。

「聞いたことはありません。いったいどんな噂ですか」

主水も初めて聞く話だった。

「難波課長からの情報ですけどね」

香織は顔をしかめた。

その表情は不倫に対する嫌悪感《けんおかん》を示したものか、それとも難波課長という、ちょっと慌て者からの情報であるために信憑性《しんぴょうせい》に欠けることを懸念《けねん》したものかは分からない。

難波課長によると、樋口は支店のパート社員で主婦の斎藤《さいとう》あずみと、不倫関係を疑われていたという。

斎藤あずみの年齢は、おそらく三十歳過ぎか。いずれにせよ樋口よりは年上だろう。

やや雰囲気《ふんいき》に陰《かげ》があるが、目鼻立ちの整った美人である。客からも行員からも人気は高い。

高田通り支店では窓口係として、振り込みや税金の支払いを受け付ける業務を担当している。

仕事は手堅《てがた》く信頼されているが、あまり同僚と会話したり、食事に行ったりはしないらしい。

難波が耳にしたのも、口さがない同僚たちから漏《も》れてきた噂に過ぎない。当初、難波は根も葉もないデマだと受け流して、すっかり忘れ去っていた。が、樋口の死後、ふいに不倫の噂を思い出したのだという。

「課長はね、テレビで政治家やタレントの不倫報道を見ていて『あっ』と思い出したんだって」

香織が言う。

「課長は、あずみさんに『ゲス不倫』の真偽を追及したのかしら……あら、どうしよう」

美由紀が「ゲス不倫」という言葉を使って慌てた。樋口があずみと不倫——それも「ゲス」と蔑《さげす》まれなければいけない行為に及んでいたかどうかは、まだはつきりしていないというのに。

「それで、難波課長は不倫の証拠を押さえたのでしょうか」

主水の質問に、香織は「それはないみたいですよ」と肩をすくめた。「難波課長も誰から噂を聞いたのか、必死で思い出そうとしていたくらいですから。自分で確認したわけではないようです。いつものように、面倒になりそうなことは受け流す人ですから」

「難波課長は、相変わらずね」険《けわ》しかった美由紀の表情が、やや緩《ゆる》んだ。「それに、あずみさんは樋口さんが亡くなった後も、支店に勤務し続けているんでしょう?」

「うん、特に変わった素振《そぶ》りは見えないわね。以前と同じように窓口で働いておられるけど」

答える香織の表情は浮かない。自分が提供した情報だが、どうも真実味に乏《とぼ》しいと自覚しているのだろう。ましてや、自分と同じ窓口係のよからぬ噂なのだ。

「難波課長、他に何かおっしゃっていませんでしたか? 気づいたこととか……」

僅《わず》かな期待を込めて、主水は香織を見つめた。

不倫は、充分に人生を過《あやま》つ原因になる。もし人妻との不倫が樋口を苦しめたのだとしたら、あのダイイング・メッセージにも、それなりに納得することができる。

「呼んじゃいましょうか。今、きっと近くで飲んでいると思いますから」

腕時計をちらりと見て、香織が提案した。

時間は十九時三十分。

今夜、難波は高田通り近くの居酒屋で飲んでいるらしい。香織は、躊躇《ちゅうちょ》なくスマートフォンをバッグから取り出した。

2

「顔が赤いですね。課長」

香織が、喫茶「クラシック」に駆け込んできた難波をからかった。

「どうしたのですか？　非常事態だって言うから、慌てて来たんですよ」

赤ら顔で荒い息を吐きながら、難波が主水の前に座る。

その息が主水の顔にかかった。安い日本酒を飲んでいたのだろうか、息が甘く、臭い。

「かなり飲みましたね?」

主水が苦笑し、顔をややそむけた。

「いやぁ、今日はパートさんたちの慰労会《いろうかい》でね。普段、お世話になっていますのでね。私たちの支店は、パートさんなしではやっていけませんから」

おしぼりで顔を拭《ふ》き拭き、難波は息を整える。

パート……。斎藤あずみは参加していたのだろうか。

「それはお疲れ様です」

主水が頭を下げた。

「あずみさん、その会に参加していたのですか?」

香織が勢い込んで聞いた。香織も、主水と同じことを考えていたようだ。

「あずみさん……、そういえば、いなかったかな」

難波はぼんやりした頭で考えている様子だった。

「参加していなかったのですね」

主水も念を押す。

「ええ、あまりこうした集まりには顔を出されませんね。ご家庭に理由があるのかもしれません」

難波の表情が翳《かげ》った。

「あのぅ、突然、課長をお呼びしたのは、あずみさんの件なんです」

美由紀が切り出した。

「あずみさん……。ああ、あの噂のこと？　不倫？」

途端、難波が納得したような表情になった。

「そうです」香織が頷いた。「課長が私に、その噂を教えてくれたでしょう？　もしかしたら樋口さんの死に関係しているかと思って。何かお気づきのことか、ありませんか？」

するとと難波が薄く笑った。

「あっ、その笑い顔は、何か知っていますね」

すかさず美由紀が反応した。さすがは美由紀、難波の得意然とした表情を見逃さない。

「えっへん」難波は一つ咳払《せきばら》いを挟《はさ》んだ。「その不倫の噂なのですが、パートの笹川《ささがわ》さんから聞いた情報だったことを思い出したのです。笹川さんも、あずみさんと同じ主婦です。ある日、笹川さんはあずみさんをパート仲間との食事に誘いました。ですが、あずみさんは誘いを断わった。それで腹が立って、笹川さんは帰りにあずみさんを尾行《びこう》したのだそうです。『もっとみんなと仲良くしたほうがいい』って意見するためにね」

「尾行とは穏《おだ》やかじゃないですね」

主水が苦笑した。

「そうなんですがね……」難波は話の続きを勿体《もったい》ぶるように、主水たちを見回した。「退勤後、あずみさんは駅には向かわず、神田川のほうに歩いていったのだそうです。たしかあずみさんは隣の目白《めじろ》駅の近くにお住まいだったはず……と不思議に思いながら、笹川さんがさらに跡を尾《つ》けていくと、あずみさんは神田川沿いのテラスレストランに入った。高級というよりはファミリー向けのカジュアルなレストランです。誰かと待ち合わせでもしているのだろうか。そう疑った笹川さんも、後からこっそり店に入った……」

そこで難波は雰囲気を盛り上げようと、声の調子を低くする。

「本格的ですね」香織と美由紀が顔を見合わせた。

「な、なんと、そこに現われたのが……」

難波が香織と美由紀を交互に見つめて言葉を切り、焦らす。

「樋口さん」

香織と美由紀は声を揃《そろ》えた。

「その通り」難波がどうだと言わんばかりに胸を張った。「あずみさんと樋口さんの二人は、非常に親しげに見つめ合って話し込んでいたそうです。テーブルの上で手を握《にぎ》り合うこともあったとか。互いに仲良く分け合ってパスタを食べていた。笹川さんはその日、最後まで見届けたかったようですが、用事があったので、泣く泣く尾行を切り上げた。その日はですね……」

「その日は……と言いますと、続きがあるのですね」

主水の問いに、難波は気分よさそうに頷いた。

「ええ。笹川さんは、樋口さんとあずみさんの仲を疑って、観察を続けていたようです。するとある日――これは偶然らしいのですが――また神田川沿いのレストランで話す二人を見かけた。レストランを出た後、彼女が尾けていくと、二人は目白駅まで並んで歩いて帰っていった……。結構な距離を歩いたので疲れたって言っていました。以上、報告終わり」

おどけるように難波は敬礼してみせた。

「なるほど」主水が顎《あご》に手を当てた。「それで笹川さんは課長に『不倫ではないか』と報告してきたのですね。あずみさんは、夫のある身ですからね」

「ええ、そうなんです。銀行員にとって、不倫はご法度《はっと》です。銀行は、内部のトラブルを一番嫌いますからね」

「こういうことは、よくあるんですか?」

主水の問いに、難波は曖昧《あいまい》に頷いた。

「ええ、まあ。以前、トラブルになったことがあります。高田通り支店ではありませんがね。新入行員の女性と、ベテラン男性行員。女子行員の仕事の相談に乗っているうちに、二人ができちゃってね。そのことを知った奥さんが支店に怒鳴《どな》り込んできました。私、その女子行員の直接の上司だったのですよ。『女を出せ!』ってロビーで騒がれて、宥《なだ》めようとすると、ここを一発」難波は頬《ほお》を指さす。「パシッって叩《たた》かれましたね」

「本店でも聞いたことがあります」美由紀が割って入った。「ある男性行員と女性行員が別れ話になって揉《も》めたんだそうです。そうしたら『私も』『私も』って同じ職場の女性行員が数人、声を上げて。なんと男性行員は、職場の大半の女性と関係していたんです。それはもう、大騒ぎ」

「ジゴロですね」

主水が苦笑した。

「ええ。女性たちは怒っていましたが、傍《はた》で見ている男性行員は『すごいなぁ』って感心していたとか」

「その男、二枚目なの？」香織が興味深げに聞く。

「全然」美由紀は即座に否定した。「その人、左遷《させん》されて関係会社に飛ばされているので、私たまに見かけるのね。だけど小太りで、全く魅力ないわよ。不思議ね。主水さんのほうがよほど魅力的です」

そう言って美由紀が、妖《あや》しげな視線を主水に送る。

「おっと、主水さん、誘惑《ゆうわく》に乗ってはいけませんよ」

難波が笑いながら注意した。

「私は大丈夫だと思います」主水は表情を変えない。「女性は、顔や体型だけで男性を選ぶわけではありません。男性が女性から好感を持たれるには、まめまめしく女性に尽くすといった要件も必要です。私はそれほど女性にまめまめしくありませんので」

「そうですよ。主水さんは女性に無関心すぎるから。恋人、いるんですか」

香織がずけずけと言う。

「はっはっ」主水は力なく笑った。「それはさておき、銀行では不倫がご法度であると知っていながら、樋口さんが不倫に及んだとは思えませんね。それほど女性に積極的な性格でもなかったと思われますし」

「そうですね。でも、あずみさんと親しくしていたのは、事実でしょうな」

難波も考え込む。

「課長は結局、あずみさんにも樋口さんにも関係を問《と》い質《ただ》さなかったのですね」

香織に言われ、難波は少したじろいだ。「そんな、火に油を注ぐような真似《まね》はしません。私のモットーは『ことなかれ主義』ですからね」

「うん、もう、ことなかれ主義を自慢する人って初めて！」

香織が声を上げて呆《あき》れた。

「主水さん、問い質してくれませんか？　樋口さんとの関係について、あずみさんに……」難波は、助けを乞《こ》うような目を主水に向けた。「あずみさんは、樋口さんがああいう風に亡くなった後も、変わらずお勤《つと》めしてくださっています。そのこと自体は特に問題はないのですが、時折、ひどく暗い表情をされることがあるのです。やはり相当、ショックを受けておられるのではないかと、心配ではあるんです」

「私が……、ですか？」

主水の表情に動揺が浮かんだ。

ゴシップ記者のような行為は得意ではない。女性のプライバシーを暴《あば》く質問など、そう簡単にできるものか。主水は、いつもの冷静さを忘れて眉根《まゆね》を寄せた。

「課長、主水さんにそんなことできるわけがないでしょう。ねえ、香織」

「そうですよ。かなりの朴念仁《ぼくねんじん》ですからね。うふふ」

香織が主水を見て笑う。

主水はほっとして「はい」と答えた。

「私が聞いてみます」香織が手を挙げた。「女のことは女に任せて」

3

——せっかくの土曜日だというのに、こんなところに呼び出されて……。

吉川は憂鬱《ゆううつ》な思いに沈んでいた。

車は銀座《ぎんざ》通りを走っている。通りの左右を飾るビルの様子は、すっかり変わってしまった。かつての名門デパートは勢いをなくし、次々に総合ブランドビルへと変貌《へんぼう》を遂《と》げている。

時代が大きく変化しても、自分の記憶だけは変わらないものだ。車のソファに体を預け、目を閉じる。吉川の瞼《まぶた》の裏に、懐《なつ》かしい光景が甦《よみがえ》った。

――はははは っ……。

勢いのある笑い声が聞こえた。

銀座の高級クラブのコーナーに陣取って、吉川の直属の上司――木下富士夫《きのしたふじお》が、だらしなく笑っている。木下の肩にしなだれかかっているのは、赤いドレスを着たホステスだ。生地《きじ》が薄く、ほとんど裸も同然である。

当時、企画部次長であった木下は、真の意味のエリートだった。周囲の誰もが――そして木下自身もが――いずれは頭取になる男だと確信を抱いていた。

吉川は、彼の部下になれることが嬉《うれ》しかった。本店営業部から企画部に異動し、木下の部下となる。それは、明和銀行で出世への切符をもらったようなものだった。

時はバブルが頂点へと向かい、加速し始めている一九八八年のことだった。

中根康一《なかねこういち》首相が、アメリカが抱《かか》える双子の赤字――財政赤字と貿易赤字を埋《う》めるべく「プラザ合意」で円高へと誘導し、国有鉄道やたばこ事業を民営化した。

日銀は「円高不況を防ぐため」と称し、公定歩合《こうていぶあい》を五％から四・五％へと引き下げた。それを契機《けいき》に、公定歩合は四％、三・五％、三％、二・五％と短期間で引き下げられていく。

金融緩和《きんゆうかんわ》の到来を大歓迎とばかりに、銀行は融資《ゆうし》競争に走り始めた。日経《にっけい》平均株価は上昇し、二万円を超えた。

大阪を中心に営業していた住倉《すみくら》銀行が和光相互《わこうそうご》銀行を吸収合併すると「向こう傷を問わず」と頭取が大号令をかけ、首都圏に進出。明和銀行など東京系の銀行との融資競争は苛烈《かれつ》を極《きわ》めた。

一方、一九八七年十月十九日、ニューヨークのダウ平均株価が前日比マイナス五〇八ドルと大暴落した。一九二九年、世界恐慌の引き金となった「ブラックサーズデー」に倣《なら》って「ブラックマンデー」と呼ばれた金融危機である。

しかし吉川は、それがバブル崩壊《ほうかい》の兆《きざ》しであるとは気づかなかった。吉川だけではない。日本の銀行、大蔵省《おおくらしょう》、マスコミの誰もが、その不穏《ふおん》な兆候《ちょうこう》に気づいていなかった。

無理もない。日本の株価は上昇し続けていたのである。翌年の十二月七日には、史上初の三万円超えを果たした。

――日本は別格だ。

そういった論調が世間に広く流布《るふ》し、吉川たち銀行員は、不動産や株式投資資金を湯水のごとく貸しつけた。

――バブルというのは、渦中《かちゅう》にいると分からないが、崩壊すると、ああ、あれがバブルだったのかと分かるものだ。

吉川はしみじみと振り返る。あの頃は、高揚感《こうようかん》に溢《あふ》れていた。銀行も自分も自信に満ち溢れ、何もかもが上手くいくと思っていた。

しかし崩壊の兆しは、一番盛《さか》りの時に、既《すで》に芽生《めば》えているものなのだ。

――吉川。

赤いドレスの女を抱きながら、木下が言う。

企画部では部長より、そして役員よりも偉いと言われている木下だ。交際費予算は使い放題。毎晩のように銀座の高級クラブに繰り出しても、誰も文句《もんく》一つ言わない。

――はい。

木下の斜《なな》め前に座った吉川は、体を緊張させて答える。

――俺についてくれれば、偉くしてやるからな。

――ありがとうございます。

吉川は低頭した……。

「おかしな時代だったなぁ……」

思わず、吉川は声に出して呟《つぶや》いた。

「はっ、頭取、何かおかしいでしょうか」

運転手が驚いて、バックミラー越しに目だけを背後に向けてきた。

「ああ、独《ひと》り言《ごと》。気にしないでいいよ」

「そうですか。すみません」

運転手が謝る。

金も女も仕事もなんでも思い通りになると思っていた時代、それがバブルだった……。

――吉川。俺は企画部の女に手を付けてしまった。孕《はら》んじまったんだ。

クラブで女の肩を抱きながら、まるで武勇伝か何かのように、木下は女とのトラブルを話した。

――しかし、その女と結婚するわけにはいかない。俺には妻も子もいる。妻はかつての大蔵大臣の娘だ。離婚しようものなら、銀行にだって迷惑がかかる。だからその女と別れたいんだが、揉めているんだ。

吉川には、木下がいったい何を言いたいのか分からなかった。そんなスキャンダルを、こんな人目のあるところで話していいものだろうか。

——はあ……。

吉川は首を傾げた。

——お前、総会屋の曾谷太郎《そやたろう》を知っているだろう。

——はい。曾谷は大学の同期です。

曾谷太郎は大学を卒業後、証券会社に入社したが、取引先である総会屋グループの総帥《そうすい》に認められて転職し、若手総会屋として鳴らしている。

二〇一〇年代も後半となった今では考えられないことだが、八〇年代には、反社会的勢力といわれる総会屋が、企業人と平気で交流を持っていた。善と悪が混然一体となっていた時代。それがバブルだった。彼らもバブルに乗じて銀行に群がっていたのである。

——曾谷太郎に頼んで、女を始末するいい手がないか考えてくれ。もうすぐ子供が生まれちまうんだ。頼むぞ。

木下はそれだけ言うと、ウイスキーを呷《あお》った。

肩を抱かれた女が「始末しろなんて怖いわ」と表情を歪《ゆが》めると、木下は「冗談、冗談だよ」と大きな口を開けて笑った。しかし、その目は笑っていない。ただ真《ま》っ直《す》ぐ吉川を見つめていた。

思えば、余計なことをしたものだ。あの時は、それしか選択肢《せんたくし》がないと思っていたのだが……。

「着きました」

車が停《と》まった。運転手が小走りに外に出て、後部座席のドアを開ける。

目の前に聳《そび》える十階建てのビル。銀行の関連会社が何社も入居しているそのビルの最上階に、第七明和銀行を追われた前頭取――木下はいる。

このまま帰りたい。吉川は本気でそう思った。しかし、行かざるを得ない。

「ここで待っていてください」吉川は弱気な表情を運転手に向けた。「それほど時間はかからない……、いや、分からんな」

「どうぞ、ごゆっくりなさってください。お待ち申し上げますので」

運転手は深々と頭を下げた。

吉川が木下と出会ったのが、一九八八年。翌年の十二月二十九日には、日経平均株価が算出開始以来最高値《さいたかね》となる約三万九〇〇〇円を記録した。誰もが、右肩上がりの好景気が未来永劫《みらいえいごう》続くものと信じていた。しかしその時、既に消費税は引き上げられ、日銀は公定歩合を二・五%から三・二五%へと引き上げていた。世の中の流れは、確実に金融引き締めへと変わっていたのだ。そのことに気づき、銀行の営業方針を変えていれば、バブル崩壊の痛手は抑《おさ》えられただろう。しかし、いったん進み始めたものを止めることは難しい。

——人生も同じだ。私は悪い人間なのか……。

吉川は意を決して、ビルの入り口に向かって歩みを進めた。

4

土曜日の昼下がり、主水は神田川沿いを歩いていた。

銀行は休みである。銀行の仕事は、きちんと土日が休みになるのがいい——主水はつくづくそう思う。今までさまざまな職を転々としてきたが、案外、土日にきちんと休ませてくれる仕事場は少ないのである。「人が休んでいる時こそが稼《かせ》ぎ時だ」と言わんばかりの経営者が多かった。

主水は、私服で散歩がてら、ここまで歩いてきた。

かつて樋口が眺《なが》めていたと思われるマンションの建設現場が、川の向こう岸に見える。

この数ヵ月で随分《ずいぶん》と工事が進み、完成寸前となっている。

――あそこに、樋口が育った『光の養護院』があった……。

樋口の原点だ。

ふと、人の気配に気づいた。

後ろを振り向くと、離れたところで女性が一人、川向こうを眺めて佇《たたず》んでいる。

「斎藤あずみさん？」

あまりじっと見つめていては良くないと思い、主水はすぐに視線を外した。

ほんの数秒、遠目に見ただけだが、間違いない。昨日、香織たちと不倫の噂をしたばかりの斎藤あずみだった。

こんな人通りの多くない静かな川沿いで、彼女はいったい何をしているのだろうか。まさか、彼女もあのマンションを眺めているのか。あのマンションが、樋口に所縁《ゆかり》のある場所だと知っているのか……。

主水は、黙ってこの場を立ち去るべきか、あるいはこの機会を逃さずあずみに近づくべきか、迷っていた。

「止《や》めて、止めて！」

突然、背後から女性の悲鳴が聞こえた。

主水が再び振り返ると、あずみが見知らぬ男に腕を掴《つか》まれている。スーツを着たサラリーマン風の男だ。

主水は、地面を蹴《け》った。空を飛ぶかのごとく素早く、揉み合っている二人のもとに駆け寄る。

「止めなさい」

主水は男の腕を掴んだ。

「誰だ、邪魔《じゃま》するな」

男は憎々《にくにく》しげに表情を引きつらせ、主水を睨《にら》みつけた。威勢《いせい》はいいが、突然の闖入者《ちんにゅうしゃ》に驚きを隠せていない。

あずみは目を見開いて主水を見つめていた。

咄嗟《とっさ》に主水の名前を思い出すことはできないが、どこかで見たことがある人物だ――と察したような表情だ。

「手を離せと言っているんだ」

そう言われた主水は、男の右腕を強引にあずみから引き離し、捻《ひね》り上げた。

「あっ、いててぇ」

男は苦しそうに呻《うめ》き、主水の手から逃れようとその場にうずくまる。

「亭主が女房に何をしようと勝手だろう」

主水を見上げて、男が怒鳴った。

亭主？　と聞き返した時、男の腕を締めつける主水の力が弱まった。

男はその瞬間を逃さず、主水の手から抜け出すと、体勢を立て直した。

「どこの誰だか知らないが、喧嘩《けんか》するなら上等だ。やろうじゃないか」

男は体を半身にし、足を肩幅に開いた。左足を前に出し、右足の踵《かかと》が浮く。右の拳《こぶし》を顎につけ、右肘《ひじ》で右わき腹をぴったりとガードしていた。左手の拳は目の高さ。完璧《かんぺき》なボクシングの構えである。経験があるのだろう。

ボクシングなら主水も負けてはいない。プロのライセンスを取得したこともあるほどだ。仕事の都合で海外へ行くことになり、リングには上がらなかったのだが……。

主水も、相手と同じ形に構えた。視線は常に男を捉《とら》えている。

男が鋭《するど》く左ジャブを繰り出してきた。主水はステップを踏んで、それを避《よ》ける。

「あっ」

あずみが叫んだ。

その瞬間、男の右腕がまるでゴムのように伸びてきた。右ストレートだ。主水は辛《かろ》うじてかわした。充分に男との距離があると思って油断していたのがまずかった。

「ふふふ……」男が不敵に笑った。「俺の右をかわしたな。俺の腕が落ちたのか、お前が強いのか」

主水は、ガードを固めたまま何も答えず、男との間合いをじわじわと詰めた。次の攻撃を待つ。

男は、再びジャブを繰り出してきた。次《つ》いで右ストレート。主水は、その一瞬を見逃さず、体勢を低くした。

「おっ」

男が戸惑《とまど》いの声を発した。主水の姿が視界から消えたからである。

「ぐぉ」

男の体が『くの字』に折れた。男は口から白く濁《にご》った唾《つば》を吐き、腹を押さえて、前に二、三歩、足を出す。倒れるのを辛うじて耐えているのだ。一瞬にして、主水の右ストレートが男の鳩尾《みぞおち》をえぐっていた。

臨戦態勢を解いた主水は、男の様子を冷静に眺めた。

男は「はぁ」と息を吐くと、ようやく真っ直ぐに立った。顔はまだ苦痛に歪み、両手は鳩尾を押さえたままである。

「どこの誰だか知らないが、覚えていやがれ」

男は悪態をつくと地面に唾を吐き、走り去っていった。

その後ろ姿が見えなくなるまで、主水はじっと注視していた。

「ありがとうございます」

あずみが近づいてきた。

「大丈夫でしたか?」

「はい。おかげさまで」

あずみは鬱々とした表情で、目を伏せている。

「今の男は……」

主水は、男が「亭主」と名乗ったのを聞き逃さなかったが、そのことをあからさまに質すのはためらいがあった。

「多加賀主水さんですよね」

あずみが主水を見つめる。

「はい」

「どこかでお見かけした顔だと思ったのですが、同じ支店に勤務している主水さんだとは、なかなか理解できなくて……。いつもお掃除《そうじ》されたり、ロビーで案内されたりしている姿しかお見かけしたことがないので……」

「ははは」主水は声に出して笑い「それが本当の私で、今のは偽《いつわ》りの姿です」とおどけてみせた。

「そんなことはありません。あの人の攻撃をかわせる人は、なかなかいませんわ。だって元はボクサーですから。お恥ずかしい話ですが、あの人、夫なのです。別れて暮らしてはおりますが……」

「少しお話をお伺《うかが》いしてもよろしいですか」

「ええ、この近くにレストランがありますから、そちらでどうでしょうか」

悲しげだったあずみの表情が少し和《やわ》らいだ。

「ご一緒させてください」

あずみが歩き出すと、主水はその後に従った。

5

「いったいどうなっているんだね。業績は最悪じゃないか」

木下が目をつり上げている。

木下は表面的には非常に温厚そうに見えるが、身内に対しては厳しく苛烈である。

「はあ、日銀のマイナス金利の影響が、想像以上に大きく出ております」

吉川はソファに浅く腰掛け、やや前のめりになった。傍目《はため》から見れば、腰を折って謝罪しているように見えるだろう。

引退した前頭取の木下は、現在の肩書こそ『相談役』ではあるが、取締役でもなんでもない。法律上は全く権力を持たないのだが、それでも吉川の元上司である。吉川は、いまだに頭が上がらない。

「何を言い訳しているんだね。そんなこと、どのメガバンクも同じだろう。第七明和だけが影響を受けているわけではない。他行は利益を僅《わず》かでも増やしているのに、うちだけが大幅にマイナスだ。君の経営が悪いんじゃないのか」

「申し訳ございません」

吉川は謝らざるを得ない。木下の言うことは事実なのである。

「この間、金融庁長官と話をしたよ。向こうから『ご意見を伺いたい』と言ってきたからね。長官は、金融行政を大幅に変更して、とにかく貸し出しが増えるようにしたいとおっしゃっていた。が、メガバンク同士の合併も視野に入れないといけないとの考えがあるようだ。フィンテックなど新しい金融の流れに対応するためには、さらなる効率化を進めることが肝心《かんじん》なのだと。察するに、うちなんかその合併の対象になっていると思う」

木下は吉川を睨みつけた。

金融庁が、不良債権処理などを目的とした金融検査より、ガバナンスなどの検査を重視し、銀行の経営に深くコミットメントしようと考えているのは確かだ。それはとりもなおさず、金融機関による中小、中堅《ちゅうけん》、ベンチャー企業への貸し出しが増えていないことを問題視しているからである。

特に、地方における銀行の役割低下は甚《はなは》だしい。また、メガバンクがカードローンなど高金利の貸し出しばかりに熱心なことにも、金融庁は業《ごう》を煮《に》やしているのである。金融庁が、このような国民生活に役立たないメガバンクの数を減らして、金融を効率化し、かつ金融庁のより強固なコントロール下に置こうとすることは、充分に考えられる。

「合併させられるより、するほうに回るように努力いたします」

吉川は、深々と頭を下げた。

木下のおかげで、吉川は頭取の座まで上り詰めることができた。権藤幾多郎《ごんどういくたろう》前会長との確執《かくしつ》の果て、木下の思いがけない失脚《しっきゃく》で、頭取になったことも事実だ。

――しかし……。

吉川は、向かいに座る木下を見つめた。

――この人を経営から完膚《かんぷ》なきまでに追放しなければならない……。

「とにかく経営をしっかりやってくれなくては困る。ところでだな」

話題を変えて、木下が応接テーブル越しに身を寄せてくる。

「はい。例の件でございますね」

「そうだよ。ポスト五輪。ポスト二〇二〇だ。今、私のところには『二〇二〇年、オリンピックが終わった後に来る不況は国難だ』と言いにくる方々が多い。その国難を乗り切るためには、東京湾岸――ウォーターフロントを、さらに開発しなければならない。その最前線に、うちの銀行が立つ。それこそが業績回復の肝《きも》だ。今から動かねばならん。頼んだぞ。民自党の秋田《あきた》先生、沼尻先生がキーマンだ。私は二人との関係が深い。『しっかりやるように』と強く言われているんだ。『他行に負けるな』とね。君に頭を下げるのはなんとも腹立たしいが、今の私は頭取ではないからね。君に頼むしかない」

木下は、さも重々しさを演出するかのように渋面《じゅうめん》を作った。

「よく心得ておりますが」と吉川は強い視線を木下に向けた。「この件に、あの人物はよもや関係していないでしょうね」

木下の表情が強張《こわば》ったのを、吉川は見逃さなかった。口角が微妙に震え出し、視線が泳いでいる。

「なにを言い出すんだね。当たり前じゃないか。私が、私が、まだあいつと付き合っているとでも思っているのか」

突然、木下は立ち上がり、吉川を見下ろした。負けじと吉川も木下を見上げる。

「それならよろしいと思います。ポスト二〇二〇への対応は、私どもにとっても業績向上の起爆剤であります。なにとぞ相談役のお力をお貸しください」

吉川は軽く頭を下げた。木下は再びソファに腰を下ろしたが、興奮が冷めやらぬ様子で吉川を睨み続けている。

「樋口が死んだのはご存じですよね。相談役」

唐突に、吉川が聞いた。

「……か、関係ない。そんな下《した》っ端《ぱ》の行員のことなど、どうでもいい。余計なことを口にするな」

木下は再び興奮し、口の端に泡状の唾を溜《た》めた。口の中が乾《かわ》き、唾液《だえき》が足りなくなっているのだろう。

「相談役……」

「なんだ。まだ何かあるのか」

「聖書のマタイによる福音書《ふくいんしょ》に、このような一節がございます。『覆《おお》われているもので現わされないものはなく、隠されているもので知られずに済むものはない』……」

吉川の発言が終わらないうちに、再び木下がガバッと立ち上がった。

「き、きさま……。私を脅《おど》すのか」

木下の飛ばした唾が、吉川の顔にかかる。

「脅すなど、とんでもございません。相談役が何かをなさったなどとは、露《つゆ》ほども思っておりません。ただ、少し気にかかったものですから」

吉川は座ったままで木下を見上げた。その表情は薄く笑っているのか、それとも深く悲しんでいるのか、判然としない複雑なものだった。

6

窓際の席からは、神田川がよく見えた。しかしあずみは外の景色を見ようともせず、テーブルに視線を落としている。

主水はコーヒー、あずみはレモンティーを頼んだ。

「このレストラン、樋口さんと来たことがあるんじゃないですか」

単刀直入《たんとうちょくにゅう》な問いに、あずみが驚いて顔を上げ、目を見張った。

「そうですが、なぜ……」

「あなたと樋口さんが親しくされていたという噂を耳にしたものですから。実は私、樋口さんがなぜあのような亡くなり方をしたのか、少々、気になっているのです」

多少、強引かと思ったが、主水は問題の核心に切り込んだ。

「そういう噂が流れていたことは、私も知っています」あずみは静かに言い、主水を真っ直ぐに見つめた。「主水さん。私、樋口さんは殺されたのではないかと思うのです」

「それはまた、どうしてですか？」

衝撃を押し隠し、主水は努めて冷静に聞いた。まさかあずみの口から『殺された』という言葉が発せられるとは思わなかったのである。

「ねえ、主水さん。不幸せな人間は、どこまでいっても不幸せが続くのでしょうか」

思いがけない問いかけが返ってきて、主水は答えに詰まってしまった。

レモンティーで口を潤《うるお》したあずみが、再び口を開く。

「私と、樋口さんと、夫の斎藤譲《ゆずる》――三人の関係からお話ししないと、分かっていただけないと思います。私たち三人は、共に落合の『光の養護院』で育ったのです」

先ほど『光の養護院』の跡地をあずみが寂《さび》しげな様子で眺めていたことから、樋口とあずみが『光の養護院』を通じてつながりがあるのではないか――とは、主水にも推測がついていた。しかし、まさかあずみの夫まで同じ養護院育ちとは思わなかった。

驚きを隠せない主水をよそに、あずみは窓の外に視線を移し、淡々《たんたん》と話し始めた。

「私の父は、総会屋でした。名前は曾谷太郎というそうですが、あまり記憶はありません。私が幼い頃に亡くなったと聞いています。交通事故で車に撥《は》ねられて、犯人は分からずじまいでした。それで、父の友人だった沼尻鉄太郎先生――現在は都議会議員をされていますが、先生のお世話で、私と母は養護院で生活することになりました。母は住み込みで、養護院の給食を作っていたのです。主水さん、沼尻先生はご存じですか？」

「いえ、まあ、お名前程度なら」

主水は戸惑いつつ答えた。既に沼尻とひと悶着《もんちゃく》あったことは話せない。

「そうですか……。私は、養護院の子供たちと一緒に育ったのです。樋口さんも、夫の譲もいました。私たち三人は年齢が近かったので、仲が良かったのです」

遠くを見る目になったあずみが、懐かしそうに微笑《ほほえ》んだ。

主水の脳裏《のうり》に、三人の少年少女たちが養護院の園庭で楽しく遊ぶ姿が浮かんできた。思わず主水の頬にも微笑みがこぼれる。

「養護院を出て、三人はそれぞれ別の道に進みました。私は短大を卒業し、中堅商社のOLに。その頃、母が亡くなりました。母の葬儀は沼尻先生が仕切ってくださったのですが、その時、沼尻先生の秘書になっていた譲と再会し、結婚に至ったのです。譲は大学でボクシングをしていましたので、ボディガード代わりに沼尻先生にお世話になっていたのでしょう。樋口さんと再会したのも、全くの偶然でした。高田通り支店でパートとして働き始めた時、樋口さんから『あずちゃんじゃない』と声をかけられたのです」

「そうでしたか」

主水は人生の不思議を思った。それぞれの道が分かれ、また一つになっていく。その道が幸せに通じていたのならよかったのだが……。

「私は、譲の家庭内暴力に悩まされていました。それで、譲をよく知る樋口さんに相談に乗ってもらっていたのです。変な噂を流されたのは、そのためだと思います」

「ご主人は、まだ沼尻さんの秘書をなさっているのですか？」

沼尻の側近——あの謎の男、阿久根雄三の顔を主水は思い浮かべた。彼は、譲ではない。

「今は沼尻先生ではなく、民自党の秋田修三《しゅうぞう》という政治家の秘書をしています。ただ、どうやら表向きの政策秘書ではなく、裏のことをやっているようです。そのストレスもあって、私に暴力を振るうようになったのでしょうね。堪《た》えられなくなった私は家を逃げ出し、現在は別居しています。子供がいないのが幸《さいわ》いですが、自宅を突き止められたので、また引っ越しをしないといけないかな、と……」

「先ほど、樋口さんは殺されたとおっしゃっていましたが、それはなぜですか」

あずみは暗く悲しげな顔をしていたが、主水はあえて追及の手を緩めなかった。あずみは口を固く結び、強い眼差《まなざ》しで主水を見つめ返す。その両目には涙が滲《にじ》み出ていた。

「すみません」あずみはハンカチを取り出して涙を拭く。

「大丈夫ですか？」

「ええ、大丈夫です」あずみは息を吐くと、居住まいを正した。「樋口さんは、ずっと本当の父親を探し続けていました。お母さんは旧明和銀行にお勤めでしたが、樋口さんが生まれて間もなく亡くなられています。死因は分かりません。美しい方だったようで、樋口さんはその写真を財布に入れて、いつも持ち歩いておられました。私も見せてもらったことがあります。銀行の制服を着て、楽しそうに笑っておられました」

「明和銀行の行員だったのですか」

主水の脳裏に「因縁《いんねん》」という言葉が浮かんだ。

樋口は母の跡を慕《した》って、旧明和銀行——第七明和銀行に就職したのだろうか。

「樋口さんのご両親は、正式な結婚をされていませんでした。それで樋口さんは、きっと誰かの紹介で『光の養護院』に預けられたのでしょう。理事長の沼尻先生は、非常に樋口さんを可愛《かわい》がられていました。ご自身も決して幸せな子ども時代を過ごしてはおられなかったせいでしょうか」

「樋口さんの本当の父親は、誰だったのでしょうか。彼は見つけることができたのでしょうか」

主水の問いに、あずみは表情を曇《くも》らせ、首を傾げた。

「一つだけ……私の母が言っていたことを、樋口さんに伝えました」

いよいよ、核心に近づいてきたのかもしれない。主水は緊張して唾を飲み込んだ。

「母はこう言っていました。『樋口さんのお父さんは、銀行の偉《えら》い人だったらしいわよ。沼尻先生がおっしゃっていた。これは内緒よ』って……。そう聞いた時の樋口さんの顔は忘れられません。なにか思い当たることでもあるのか、迷いが晴れたように明るくなったのです」

「銀行の偉い人だというのですね。明和銀行でしょうか？」

「それは分かりません。しかし、そうだと思います。きっと妻子ある上司と不倫関係になり、正式な結婚ができないまま、樋口さんが生まれた……。そう思うのが自然です。今風に言えば『ゲス不倫』でしょうか。すみません、下品な言葉を使ってしまって」

「いえ、『ゲス不倫』でしょう。その男は樋口さんたちを捨てたのですから。悪い人間に決まっています」

主水は、樋口の無念を思った。

大久保杏子との結婚を考えていた樋口は、自分のルーツを知りたかった。そうしないと夫として、そしていずれは親として、基盤がないと考えたのかもしれない。

無職の養父耕太郎を親として杏子に紹介するわけにはいかなかったのだ。

樋口の本当の父親は、母が勤務していた明和銀行の「偉い人」だ。おそらく沼尻鉄太郎は、その真相を知っている。樋口は沼尻に真相を質した。すると沼尻は、樋口に真相を教えることを条件に、政治資金集めを手伝わせた……。

――もう一度、沼尻に会わなければならない。

「主水さん」

「はい」

「どうか、樋口さんの無念を晴らしてください。そうしないと、ますます不幸になっていくようで、不安なのです」

あずみは深いため息をついた。

「わかりました」

ようやく主水の前に、辿《たど》るべき道が見えたような気がしていた。

だが、その道はまだ陽炎《かげろう》の揺らぎの中にあり、最初の一歩を踏み出す確たる自信を、主水はまだ持てていなかった。

第五章　内部告発者の悲しみ

1

「タスケテクダサイ」

男が突然、多加賀主水にしがみついてきた。

慌《あわ》てて主水は男を支えた。いつも通り、高田通り支店の入り口前を掃除しているところだった。もうすぐ開店時刻である。

「どうしました」

発音のぎこちなさから、おそらく男は日本人ではなさそうだったが、アジア系の顔立ちである。中国人だろうか。薄汚れたフリースの長袖を着て、ブルーのジーンズを穿《は》いている。フリースの裾《すそ》からは、やや饐《す》えた臭いがした。

中肉中背《ちゅうにくちゅうぜい》で、特に痩《や》せぎすでもない。だが頰《ほお》はこけている。そのせいか、ぎょろりと目が大きい。

「たすけてください」

男は必死の形相《ぎょうそう》で繰り返した。

「主水さん、どうしたの？」

そのとき、生野香織が明るい花柄のワンピースの裾をひらひらさせながら、主水に駆け寄ってきた。颯爽《さっそう》と出勤するＯＬというよりは、どこかへ遊びに出かける少女といった感じの服装だ。一見すると場違いな印象だが、これが香織らしくて周囲を華やかにしてくれる。

「香織さん、いいところへ。この人が突然、寄りかかってきたんですよ……」

主水は弱りきった表情を香織に向けた。

“What happened? May I help you?”

香織は微笑を浮かべて、男に近づいた。

咄嗟《とっさ》に英語が出てくる香織に、主水は感心した。

「ヘルプ ミー。ヘルプ ミー」

男は、今度は香織にしがみつこうとする。香織が、たじろぎ気味に体を後ろに引いた。

同じ男性として、若くてチャーミングな女性に甘えたくなるのは分からなくもないが、「おっと、そっちは駄目だよ」と主水は男の肩を抱いて制止した。

「主水さん、とりあえず支店の中へ」

「そうですね。そうしましょう」

主水が「カムウイズミー」と囁《ささや》くと、男はホッとした表情を見せて、コクリと頷《うなず》く。

主水たちは周囲に怪しい人物がいないか警戒しつつ、行員通用口から男を支店内に入れた。

「主水さん、その男の人は何者ですか？」

支店に入ると、意外な声がした。難波俊樹課長が、朝早く出勤していたのである。いつも一番乗りの主水よりも早いのは珍しい。

難波は眉根《まゆね》を寄せ、訝《いぶか》しげに男の顔を覗《のぞ》き込んだ。

「私、制服に着替えてきますから。すぐに戻ってきます」

香織が更衣室に向かった。

主水と難波、むくつけき男二人に挟まれ、男がおどおどと不安そうに肩を窄《すぼ》ませた。もっとも難波の方は、そのむくつけき外見にそぐわず、実は女々《めめ》しくもあることを主水は知っているのだが……。

「助けを求めてきたんです」

黙り込んでいる男に代わって、主水が状況を説明した。

「助け？　それは尋常《じんじょう》じゃありませんね」

難波は用心深く男に近づき、「アー ユー スピーク ジャパニーズ？」と聞いた。

「課長、それってキャン ユー スピーク ジャパニーズ？　じゃないですか」

主水は、くすっと笑いをこぼした。

「すこし、はなせます」

男が真剣な眼差《まなざ》しで答えた。

「通じたじゃないですか。通じりゃいいんですよ」

難波がムキになる。

「さあ、応接室にご案内しましょう」

主水は難波を無視して、男を応接室に連れていった。

「お腹、空《す》いていますか？　アー ユー ハングリー？」

主水に並んで応接室に入ってきた難波は、すっかり英会話教室気分でいるようだ。

「日本語、話せるって言っていますよ。無理しなくても……」

主水がにやにやと笑みを浮かべてからかうと、「いいんです」と難波が口を尖《とが》らせた。「これでも英検二級ですから」

程なくして香織が「パンを買ってきました」と言って現われる。

「これ、食べて」

香織は、サンドイッチとコロッケパン、それに紙パック入りの牛乳を男に差し出した。すぐ近くのコンビニではなく、わざわざ商店街の『ハラダベーカリー』まで行って買ってきたものらしい。この店のパンは美味《おい》しいと行内でも評判だった。

男は見開いた目を爛々《らんらん》とさせ、香織の手から牛乳とパンを奪い取るようにして自分の手許に引き寄せた。主水たちの視線も憚《はばか》らず袋を破って、サンドイッチにかぶりつく。

「よほどお腹が空いていたのね」

香織が同情するように言った。

「香織さん、ここは私と主水さんに任せて、開店準備をしてください」

腕時計を確認した難波が、香織に指示した。

「分かりました。それでは、後はよろしくお願いします」

一礼して、香織が応接室を出ていく。

「彼がパンを食べ終えるまで、しばらく待っていましょう」

男の横顔を眺《なが》めながら、主水は言った。

「そうですね」

難波は当惑《とうわく》気味に眉根を寄せたまま、小さく頷いた。

男は、サンドイッチに続いてコロッケパンもあっという間に平らげると、牛乳を飲み干した。

満足したのか、男はパンの袋を丁寧《ていねい》にたたみ、牛乳の紙パックと一緒にビニール袋に仕舞《しま》った。マナーがきちんとしていると主水は思った。

「ごちそうさまでした。ありがとうございました」

男はたどたどしい日本語で言った。

「良かったですね。では、お名前から聞かせてくださいますか」

難波が丁寧な口調で言い、スーツのポケットから手帳を取り出した。

主水は、この場の主導権は難波に執《と》ってもらおうと考えた。

「ワタシ、ベトナムから来ました、グエン・ヴァン・ヒエンといいます。ヒグチさん、いますか」

グエンと名乗った男は、ポケットから紙を取り出し、難波に渡した。ちらりと罫線《けいせん》が覗く。ノートの一ページを破り、丁寧に折り畳んだメモである。

難波が折り目に沿ってメモを開いた途端「あっ」と叫んだ。「主水さん、これを」難波が広げたメモを主水に見せる。

「えっ」

主水は驚愕《きようがく》し、グエンを見つめた。

2

主水は、グエンを伴《ともな》って支店の外に出た。そこには、通報を受けた警視庁高田署の刑事木村健が既《すで》に待っていた。

「そいつが樋口と関わりのあるベトナム人か」

木村が、疑わしげな視線をグエンに向けた。特に薄汚れた身なりを警戒しているようである。

「グエン・ヴァン・ヒエンさんは、ベトナムの大学を卒業して、学校の先生をされていたそうです」

グエンの代わりに、主水が説明した。まずはグエンに対する木村の警戒を解こうと思ったのだ。

「えっ、大学？　大学出て、学校の先生？　それはすげぇや。それはそれは。私、警察の者です」

木村は急に低姿勢になり、グエンに警察手帳を見せた。高卒で警視庁に入った叩き上げの木村は、大卒の者に対して一種のコンプレックスと、過剰《かじょう》な敵愾心《てきがいしん》を持っている。とにかく複雑なところがあるのだ。

「ケイサツ？」

思わず聞き返すグエンの表情は固かった。

「ええ、そうですよ」

主水が答える。

「ワタシ、わるいこと、していません。タイホしないでください」

グエンの声は心なしか怖《お》じ気《け》づいて震えていた。

「大丈夫です。安心してください。木村さんには、グエンさんを援《たす》けるために、ここに来ていただきました。今から警察でゆっくりとお話をお聞きしますから」

主水は優しく言い聞かせた。

「まあ、心配しないで。快適な応接室でお話を聞くってわけにもいかないけどさ。お茶くらい出させてもらいますから」

木村と主水がグエンを挟む形で歩き始めた。

『困ったら第七明和銀行高田通り支店に駆け込みなさい。樋口一郎』

グエンが見せたメモには、日本語でそう書かれていた。人に道を聞くときのためだろうか、文字にはローマ字でフリガナも添えてあった。

グエンは、そのメモを頼りに高田通り支店に助けを求めてきたのだ。

聞けば、グエンは外国人技能実習制度を利用して、ベトナムからやってきたという。同制度は、開発途上国の外国人が日本で専門的な技術を学び、帰国して、技術移転を行なうためのものである。

ところがこの制度は、かねてより色々と問題が指摘されていた。

外国人を受け入れる方式としては「企業単独型」と「団体監理型」の二種類が存在する。

前者は、日本の企業が海外の現地法人などの社員を受け入れて研修する方式である。こちらには、あまり問題はない。

問題なのは後者である。

「団体監理型」とは、事業組合などが外国人を受け入れ、傘下《さんか》の企業などに派遣《はけん》し、技術実習を行なうという方式である。しかし実態は、単なる低賃金の外国人労働者派遣となってしまっているのである。

技術実習とは名ばかりで、外国人実習生たちは日本人がやりたがらない「3K（危険、きつい、汚い）」の仕事を強《し》いられている。

厚生労働省の調査によると、二〇一四年から二〇一六年の三年間で、我が国は約五九万人もの外国人実習生を受け入れている。その数は年々増加しており、二〇一六年の単年で見ると、約二三万人に及ぶ。

彼らの労働環境の厳しさを示すように、労災の件数も増加している。前述した三年間の労災死は二二件。これは、一〇万人あたり三・七人が亡くなっている計算となり、日本全体で同一・七人であることを鑑《かんが》みると、異常ともいえるほど高い。

また労災認定件数も四七五件に上《のぼ》る。

労災それ自体を隠すため、病気や怪我《けが》を負った実習生を秘密裏《ひみつり》に帰国させる悪質な事業者の存在も囁かれている。それが本当であれば、実際の労災や労災死は、もっと多くなるだろう。

さらに事情は複雑である。実習生たちは、本国の送り出し機関に一〇〇万円以上の費用を支払って日本に来ているという。

「日本に行けば、すぐに稼《かせ》げる」

そんな甘い文句で誘われたからだ。

送り出し機関に提供する費用は、元手がなければ当然、借金で賄《まかな》われている。本国で暮らす家族への送金のみならず、借金返済のためにも、実習生たちはどんな危険な仕事であっても厭《いと》うわけにはいかないのだ。

今回、厚生労働省が発表した外国人実習生の労災件数は、彼らがどれほど過酷《かこく》な職場に送りこまれているか、その実情を示している。改善しなければ、国際問題にもなりかねない。

「ワタシ、とじこめられています。なかまもです。ころされます」

先ほど支店の応接室で、グエンはそう訴えた。

――これは刑事事件にもなりかねない。

そう考えた主水は、高田署の木村の支援を得ることにしたのである。

グエンが働いているのは「甚幸建設《じんこう》」という新宿区中井にある建設会社だった。グエンは事業者にパスポートを取り上げられ、まともに給料を支払われていないという。

甚幸建設は、高田通り支店とも取引があった。しかし、難波に調べてもらったところ、保証協会付きの融資《ゆうし》が一〇〇〇万円ほど残っている程度だ。その融資を樋口が担当していたという事実はない。

主水と木村は、グエンをガードしながら高田通りを歩いた。

「貴様ら、待ちやがれ」

しばらくして、背後からいきなり怒声《どせい》を浴びせられた。

振り向くと、険《けわ》しい顔をした二人の男がいた。二人とも、ニッカボッカといわれる裾広のズボンを穿いている。

途端にグエンが激しく怯《おび》え、主水の背後に隠れた。

「何か、御用ですか？」

木村が前に出た。慇懃《いんぎん》だが、刑事ならではの静かな威圧感がある。

「何か御用かって？　そいつをこっちへ寄越《よこ》しやがれ」

二人の男は少しも物怖《ものお》じせず、木村に詰め寄った。

「たすけてください。こわいひとです」

グエンが主水の背中にしがみつく。

「おい、グエン、こっちへくるんだ」

片方の男が主水の傍《そば》へと歩み寄り、腕を伸ばした。

「おっと、彼はこっちのお客さんなんでね」

木村が横から、その腕をはっしと摑《つか》む。

「てめぇ、何をしやがる。やる気か」

男が、黄色く汚れた歯を剝《む》き出しにして木村を睨《にら》んだ。

「やる気かと聞かれたら、やる気はあると答えますがね。こういう者ですが、いいですか？」

にたりと笑みを浮かべながら、木村は男の眼前に警察手帳をかざした。

「あっ」

男は小さく悲鳴を上げた。「あっ、失礼しました。警察のお方だとは存じ上げませんで」

「高田署の木村です。どうする？　こっちはやる気があるんですがね」

木村が男の腕を摑んだ手に力を込め、捩《ね》じり上げた。

「あ、痛《い》てて……。すみません。勘弁してください」

男は泣きそうな表情で懇願《こんがん》する。いつの間にか、もう一人の男は消えてしまっていた。

「お前、どこの者だ。名前を言いやがれ」

木村が厳しく問い詰めると、男は「じ、甚幸建設の……」と弱々しい声を絞り出した。

「はっきり言え」

木村の厳しい叱声《しっせい》に、男が思わず背すじを伸ばした。

「桜庭金雄《さくらばかねお》と言います」

「免許証か社員証を見せろ」

「は、はい。見せますから。手を離してください」

ようやく木村が手を離した。桜庭と名乗った男は、安堵《あんど》した表情で腕を擦《さす》った後、ニッカボッカのポケットに手を入れ、パスケースから運転免許証を取り出した。

木村は運転免許証を受け取り、写真と顔を見比べた。

「もう、行ってよろしいでしょうか」

桜庭がへりくだると、手帳に素早く番号を控えた木村が「ああ、行っていいぞ」と免許証を返し、顎《あご》をしゃくった。「こちらのグエンさんは、高田署でお預かりしておくから。また話を聞かせてもらうことがあるかもしれない」

「へぇ、失礼します」

桜庭は脱兎《だっと》のごとく駆けだした。

「さあ、グエンさん。行きましょうか」

振り返った木村が優しく微笑《ほほえ》む。

「ありがとうございます。キムラさん、つよいですね」

グエンが嬉《うれ》しそうに頭を下げた。

「甚幸建設……なんだかややこしそうな会社ですね」

主水は、桜庭の駆けていった方向を見つめた。

「ああ、面倒なことになりそうだな」

木村の表情が曇《くも》った。

3

九段北《くだんきた》に端《たん》を発する早稲田《わせだ》通りが、外堀《そとぼり》通りの堀端《ほりばた》から西へと上る狭い坂の一帯を、神楽坂《かぐらざか》と呼ぶ。外堀通りとの交差点が坂下、大久保《おおくぼ》通りとの交差点が坂上。この間に、多くの飲食店がひしめいている。

しかし、銀座《ぎんざ》のように気取った感じはない。昔の花街の名残《なご》りなのか、どこか人懐《ひとなつ》っこい街並みである。

坂の途中には、毘沙門天《びしゃもんてん》で名高い善国寺《ぜんこくじ》がある。その並びの雑居ビルの四階に「デリット」というイタリアンの店がある。八人も入れば満席になるような小さな店だ。

イタリア、そして国内の有名レストランで修業した主人が、妻と二人で営《いとな》んでいる。

「丁寧な仕事をする」と美食家の間では評判だった。

その店を昼間から貸し切りにして、小さな店には場違いな黒いスーツ姿の六人の男たちが集《つど》っていた。

第七明和銀行前頭取の木下富士夫。民自党大物議員の秋田修三。同じく民自党ベテラン都議の沼尻鉄太郎。そして大手ゼネコン須藤組《すどうぐみ》の専務桑田恵三《くわたけいぞう》。この四人が、一つのテーブルを囲んでいる。

隣のテーブルには、秋田の秘書である斎藤譲と、沼尻の秘書である阿久根雄三がついている。

「今日は、昼間からお集まりいただき、申し訳ない。皆さん、非常にお忙しい。かえってランチの方が気楽だろうと思いましてね」

木下前頭取が、柔和《にゅうわ》な笑みを浮かべて口火を切った。

「昼に飲むのが、一番ききますな」

秋田議員が気さくに応じる。

「いやぁ、ここは美味《うま》いって評判ですから。楽しみです。なんでもパスタが最高ですってね」

沼尻都議が、キッチンで働く主人に視線を向けた。沼尻の声を聞いているのかいないのか、主人は沼尻たちに背中を向けたまま、料理に励《はげ》んでいる。

「今日はただのランチということで、談合ではありませんな」

須藤組の桑田専務が、複雑な表情で唇《くちびる》を歪《ゆが》めた。

「おやおや桑田さん、警戒されておられるのですか。たんなるランチですよ」

木下が茶化《ちゃか》し気味に言う。

「公正取引委員会《こうとりい》が目を光らせていますのでね」

桑田が顔をわずかにしかめた。

「まあ、気楽にワインを楽しみましょう」

木下が、カウンターに向かって軽く手を上げる。

ホールスタッフを務《つと》める夫人が素早く出てきた。黒の蝶《ちょう》ネクタイに黒のタキシードが、細身の体にしっくりと馴染《なじ》んでいる。この店では、夫人がソムリエを兼ねているのである。

四人の男たちは最初のシャンパンを選んだ。手馴《てな》れた手つきで、夫人が各自のグラスに注《つ》いでいく。

「あちらにも頼んだよ」

木下が、斎藤と阿久根の席を指さした。

「かしこまりました」

夫人は神妙《しんみょう》に答える。

各自のグラスにシャンパンが注がれたのを見計らって、木下が「では皆様のご健勝を祈念《きねん》して」とグラスを掲《かか》げた。「乾杯」「乾杯」

全員が唱和する。

料理が次々と運ばれる。それに合わせて高級な白ワイン、赤ワインの栓《せん》が抜かれていく。

「オリンピックやインバウンド需要《じゅよう》の拡大で、都内ではホテルをはじめとした建築ラッシュとなっています」桑田専務が、ワインを飲んで緊張が解《と》けたのか、赤ら顔で話を主導した。「我々の業界は、今は、仕事を選んでいるような状況ですが、心配しているのはポスト二〇二〇問題です。先のことを心配し過ぎだと言われるかもしれませんが、なんとも貧乏性なものですから。業界の集まりでは、もっぱらその話題ばかりです。二〇一九年辺りから、建設業界には早々と大不況が訪れるのではないかと言われております。そう考えると心配で、心配で……」

「桑田専務のご心配はもっともですな」秋田議員が、からすみのパスタに舌鼓《したつづみ》を打ちながら応じた。「私ども民自党も途切れない経済政策をしていくつもりですが、国家財政状況が厳しいものですから、財政資金でどれだけ景気を刺激できるか分かりません」

からすみパスタは塩っぽさが絶妙で、デリットの名物である。沼尻都議も「これは美味い」と満足そうに平らげ、赤ワインを水のように飲んだ。「ポスト二〇二〇問題の中心は、勿論《もちろん》、東京になりますから、私たち都議会としても、全力で取り組む考えです。まだまだウォーターフロントには開発の余地が残っております。そこにカジノやホテル、コンベンションセンターなどを造っていきたいと考えております」

「ぜひともそれらの計画に、我が、第七明和銀行を関係させていただきたい」

木下が語気強く言った。

「木下さんは、頭取を退《しりぞ》かれてかえって動きが良くなられましたな。いや、これは失礼なことを言いましたかな」

秋田が媚《こ》びた笑いを浮かべる。

「多少、意に沿わぬ退任ではありましたが、相談役に収まったことで、かえって自由になりました。お陰《かげ》で、このように目立たぬように皆様のお世話をすることができます」

メインディッシュのステーキが運ばれてきた。特上の和牛の赤身を、四十分もかけて遠赤外線でじっくり焼いたという贅沢《ぜいたく》な一品だ。

木下がナイフを入れると、全く抵抗なく肉が両断された。

——何という柔らかさだ。このように何もかも抵抗なく進めばいいものを……。

木下は、さりげなく秘書のテーブルに目を遣《や》った。斎藤と阿久根は、言葉を交わすことなく黙々と食事をしている。

気配に気づいたのか、阿久根が顔を上げて木下を見た。木下は慌てて視線を逸《そ》らし、肉にフォークを突き刺すと、口に運ぶ。

——この男だけは、どうも苦手だ。あいつの後ろに天照竜神会の町田が見える……。

美味いはずの肉の味が消えてしまった感じがして、木下は微《かす》かに眉根を寄せた。

「このように銀行さんがゼネコンをまとめてくださると嬉《うれ》しいですな」桑田専務が破顔した。その口はますます軽くなる。「ゼネコンだけで集まりますと、なにかと痛くもない腹を探られてしまいますから。私はゼネコン代表として、木下相談役とタッグを組みますぞ。ははは」

先ほどまでの警戒心は、ワインとともにすっかり消えてしまったのだろう。桑田は高らかに笑った。

「心強い限りです。ははは」

桑田に合わせて、木下も笑う。

その横では、沼尻が目を吊《つ》り上げて憤慨《ふんがい》していた。

「公取に、自主的に談合への関与を申し出れば、課徴金《かちょうきん》を免《まぬが》れるんですな」

独占禁止法の改正により、自社が関与した談合やカルテルについて公正取引委員会に申告することで、課徴金などが免除されることになった。一種の司法取引制度である。

「あれは酷《ひど》い。仲間割れをさせるなんて人倫《じんりん》に悖《もと》りますなぁ」

沼尻はそう言って、空《から》になったグラスを持ち上げると「ワイン」と声を上げた。

公正取引委員会が調査を開始する前ならば、最初に申告した一社（または同一企業グループ内の複数の事業者）の課徴金は全額免除され、刑事告発の対象から除外される。

次いで二番目に申告した社は五〇％、三番目に申告した社は三〇％と、早期に申告すればするほど課徴金の減額率が大きくなる仕組みである。

たとえ調査開始後であっても、談合への関与を申告した上で調査に協力すれば、三〇％の減額を受けられる。

「沼尻先生のおっしゃる通りですよ」桑田のボルテージがますます上がった。「だいたい大型の開発なんて、大手ゼネコンで談合……いや情報交換をしなければ、上手《うま》くいくもんですか」桑田はワインを呷《あお》る。「なんでもかんでも安けりゃいいってもんじゃない。入札を獲得しても仕事ができないって会社があるんですから。大きな仕事は、我々大手に任せりゃいいんです。そのためには談合……いや、そうではない。これは失言だ。我々、大手同士の情報交換が必要なんですよ」

「その通りです。全くその通りです」秋田が同意する。「大手が受注して、私どもの関係する中小の建築業者が潤《うるお》う。この業界こそ、富の滴り《トリクルダウン》が成立しているんです。須藤組のおこぼれを、しっかり受け取りますからね」

秋田の話を聞きながら、沼尻がすっかり赤くなった顔でほくそ笑んだ。

「頭取の吉川にも、しっかりと皆さまのお世話をするように言い含めておりますので」木下が、薄《うっす》らと笑みを浮かべた。「ぜひともポスト二〇二〇の大型公共事の資金につきましては、私ども第七明和銀行にお任せください」

「なにせ国や都の資金、六兆円を投入することになっていますからな」秋田が頷いた。「銀行が、須藤組さんをはじめゼネコンさんの相談の舞台を設定していただけるとは心強い。まさかゼネコンの裏に銀行がいて舞台設定をしているなんて、お釈迦《しやか》様でも気がつくまい。それにですなぁ、相談場所だけの問題じゃない。スムーズに通り抜けるためには、各方面に何かと、これがかかります」

秋田が下卑《げび》た表情で、右手の親指と人差し指を丸めて輪を作った。

「ははは、どんな道でもスムーズに通り抜けのできる、万能の通行手形ですな。秋田先生」

沼尻が声に出して笑う。

「その通り、全くその通りです」

秋田が口癖《くちぐせ》のように同じ言葉を繰り返した。

「その点は、抜かりございません」木下はそう言って、秘書のテーブルに視線を向けた。

「本日も用意させていただいております」

木下が話し終えると同時に、阿久根と斎藤が紙袋を提《さ》げて、沼尻と秋田の脇に立った。二人が紙袋の口を開ける。

「ははは……」

秋田がだらしなく笑う。

「御意《ぎょい》。御意でございますなぁ」

沼尻も相好《そうごう》を崩《くず》している。

「万全の態勢で務めさせていただきます」

木下は、秋田と沼尻に鋭《するど》い視線を向けた。

「ところで」桑田が表情を曇《くも》らせた。「最近、我々の業界で妙な事故が多発していましてね」

「どんな事故ですか」木下が怪訝そうに聞いた。

「ボヤや交通事故ですがね。幸い須藤組には何もないですが……」

桑田が沼尻を一瞥《いちべつ》した。沼尻は「大変ですね」と呟いた。木下の表情がわずかに強張《こわば》った。

木村は、グエンを高田署の取調室に案内した。主水も一緒である。テーブルを挟んで、木村とグエンが向かい合う。主水は、グエンの隣に寄り添うように座った。

4

「悪いな。こんな狭い部屋で。でもここが一番、話を聞きやすいんだ」

木村が申し訳なさそうに言った。

「いいです。おちつきます。あなたがた、しんせつ」

グエンがたどたどしい日本語で言った。まだ笑顔が硬い。

「グエンさんは、甚幸建設に監禁されていたのですか」

主水が眉をひそめ、単刀直入に尋《たず》ねた。

「パスポート、とられました。どこにもいけません。きゅうよ、もらえません。ワタシ、にげました。まだふたり、います。ひとり、ビョウキです」

グエンは顔を両手で覆《おお》った。友達のことを思って泣いているのだろうか。

木村が、テーブルの上にメモを広げた。

「どうしてこんなメモを持っていたんだ」

「ヒグチさん、いいひと。ワタシたち、はたらいているところにきて、このメモをくれました」

「困ったら第七明和銀行高田通り支店に駆け込みなさい……。樋口は、どうしてこんなメモを渡したのかね。グエンたちの状況を知っていたのかな」

木村が主水の顔を見る。「何か答えてくれ」とその目が訴えていた。

主水は頷き、話し始めた。

「先ほど甚幸建設について、古谷支店長にも話を聞いたところ、妙な噂《うわさ》を耳にしました」

高田通り支店の古谷伸太支店長は、現秘書室長新田宏治の後任である。当初は部下たちに信頼されていなかったが、ある出来事をきっかけに今では、部下たちに慕《した》われている。

「実は、甚幸建設には……」

「そう。甚幸建設には」主水が続きを言おうとするのを遮《さえぎ》って、木村が口を挟んだ。「甚幸建設には、あの町田が関係している。かつて地上げで鳴らしたからな」

木村はあらかじめ甚幸建設の疑惑を知っていて、意図的に話題を誘導した。まるで尋問《じんもん》である。

「ええ」主水は小さく苦笑しつつ、頷いた。

「そうした噂があり、高田通り支店では取引を避けていたようです。過去には、わりと大きな融資もあったようですが、今では保証協会の残債があるだけです」

「要注意先だったんだな。樋口は、そんな取引先に、のこのこ何をしにいったのだ。勧誘かな?」

木村が首を傾《かし》げる。

「融資のノルマはあったと思いますが、甚幸建設を勧誘しても、古谷支店長が融資を許可しないでしょう」

主水も訝しんだ。その時ふいに、神田川沿いのマンション建設現場の様子が、まるで映像のように主水の脳裏《のうり》に浮かんだ。そこは樋口が育った『光の養護院』の跡地だ。

「ねえ、木村さん。もしかして甚幸建設って、沼尻も関係していませんか?」

「沼尻? あいつか」

木村の目つきが鋭くなった。

「ええ、あの都議です。彼が理事長として関係していた養護院跡に、現在、マンションが造られています。確かその業者の一つに、甚幸建設の名前があった気がするんです。あのマンションは大手の須藤組が手掛けていますが、看板に名前があったような……」

主水が必死で思い出そうと、目を細めた。

「可能性はある。甚幸建設は町田との関係が噂されていながら、都からの受注も多いと聞くからな。すぐに調べさせる」木村は卓上電話を取り上げた。そして部下を呼び出すと「甚幸建設の資料を持ってこい」と命じる。

「ヒグチさん、シャチョウとはなしていました。よくカイシャにきていました。ワタシ、はなしました」

「どんな話をしたのですか？」

主水は優しく聞いた。

「ベトナムのかぞくのこと。ワタシ、チチがいません。ハハひとりです。そのことはなすと、ヒグチさん、なきました」

グエンの目に、涙が滲《にじ》んでいる。

そういえば、樋口にも父がいない。戸籍《こせき》上は樋口耕太郎という養父がいるが、おそらくあれは偽装だと思われる。

本当の父親を捜《さが》していた樋口は、父親がいないというグエンに同情したのだろうか。

「チチは、ちいさいときに、しにました。あそんでくれた、やさしいチチでした。ヒグチさん、うらやましいといいました」

「羨《うらや》ましい?」

主水は小首を傾げた。

「はい、おもいでがあるのは、うらやましい……。ヒグチさん、おとうさんのこと、おぼえていない。とても、かなしそうでした」

グエンが記憶を辿《たど》るように遠くを見つめた。

その時ノックの音とともにドアが開いて、木村の部下が資料をテーブルに並べた。謄本《とうほん》など、甚幸建設関連の資料である。

「素早いですね」

主水は感心して言った。

「当たり前よ。警察を舐《な》めないで頂戴《ちょうだい》ね。管轄《かんかつ》の企業の資料はひと通り揃《そろ》っているから」

木村は自慢げに言い、謄本を開いた。

代表取締役社長の桜庭雄一《ゆういち》以下、役員の欄に沼尻の名前はない。

「東京都の工事が多いな。だが沼尻の名前はない。露骨《ろこつ》に役員に入っていると、受注の際、問題になるからな」

木村は悔《くや》しそうに唇をへの字に曲げた。

「ちょっと見せてください」主水は謄本を手元に引き寄せた。「これを」ある役員の名前を指さす。

「どれどれ……。斎藤譲？　何者だ」

木村は主水を見上げた。

「斎藤譲は、高田通り支店に勤務する斎藤あずみの夫です。その前歴は、沼尻の秘書。今は、民自党の秋田修三議員の秘書をやっています」

「沼尻の元秘書で、今は秋田の秘書か？」

「もう一つ、興味深い話があります。樋口さん、斎藤譲、斎藤あずみの三人は、落合の『光の養護院』で一緒に育てられました。世話をしたのは沼尻です」

「なんだって！」

木村が驚く。

「斎藤が絡《から》んでいるのなら、甚幸建設は秋田か沼尻の会社でしょう。都の仕事が多いとなれば、沼尻かもしれない。沼尻は、秋田とも深い関係があるんじゃないでしょうか。樋口さんの死に関して沼尻にはアリバイがありましたが、もう一度、聞かねばならないことがいっぱいありそうですね」

主水は木村に強く言った。

「またここへ来てもらおうか」

木村が頷いた。

「ヒグチさんは、ワタシたち、たすけるといいました。たすけてください。なかまも、たすけてください。ひどいカイシャです。ころされます」

グエンは、傍《かたわ》らの主水に縋《すが》りついた。

「グエンは、甚幸建設の非道を訴える内部告発者ってわけだ。どうする主水さん?」

木村がにたりと口角を引き上げた。

「内部告発者。おっしゃる通りです。この告発は放置できないでしょう。放置すれば国際問題になります。日本とベトナムの友好関係にヒビが入りますね」

主水は答えた。

「国際問題か。そりゃいいや」

木村が楽しそうに言う。

「甚幸建設の社長って何者ですか？　グエンさんによると、樋口さんと話していたらしいですが」

主水が言うと、グエンは何度も頷いた。主水と木村の会話を理解しているのだ。

「待てよ」木村が謄本を再度見る。「桜庭雄一……」木村が呟《つぶや》き、「ん」と首をひねった。

「どこかで聞いたな」

「さっきのチンピラが桜庭金雄でしたよ。あいつの父親かもしれませんね」

「そうかもしれない。またあいつに会えるかもしれないとは、縁があるな。この桜庭雄一についても調べておこうか」

木村は薄笑いを浮かべる。

「ところで亡くなった樋口さんは、取引拡大の可能性がないにもかかわらず、甚幸建設に通っていた。社長とよく話していたということらしい。グエンさんと親しくなるくらいですから、相当、頻繁《ひんぱん》に通っていたのでしょうね。なぜでしょうか？」

主水が木村に水を向けた。

「なぜかな？」

木村は首を傾げた。「そんなことを俺に聞くな」という顔だ。

「沼尻が教えてくれない樋口さんの本当の父親の名前を、桜庭雄一が知っていたからではないですか？」

「そうか！」木村は手を叩いた。「沼尻の資金集めに協力したのに、沼尻は父親について何も教えてくれなかったから……。それにしても、なぜ樋口は、甚幸建設の社長に父親の名前を聞きにいったんだ？　何か当てがあったんだろうか？」

「それは、この男ですよ」主水は、謄本の一箇所《かしよ》を指さした。斎藤譲――。「彼らは一緒に育ったのですから」

5

辺り一帯を暗闇が支配していた。時折、餌《えさ》を求めているのか求愛しているのか、野良猫《のらねこ》の鳴き声が聞こえるだけだ。

「いいかい、主水さん。俺が会社の入り口で奴らを引き付けておくから、その隙《すき》に裏に回って、寮の中からベトナムの連中を救い出すんだぜ」

木村が囁いた。

「分かりました」

主水は答えた。

外国人労働者に対する監禁や給与未払いなどの疑いで甚幸建設を強制捜査するには、グエンの訴えだけでは、裁判所は許可を出さないだろう。ある程度、証拠固めをしなければならない。しかし主水たちには、それほど悠長《ゆうちょう》に構えている時間はなかった。

樋口と桜庭の関係を知る必要もある。

そこで主水と木村は、自分たちで甚幸建設に踏み込むことにした。グエンの仲間が閉じ込められている寮の場所は、グエンから聞いている。

グエンは「ワタシも行きます」と言ったが、同行はさせなかった。グエンの身は、主水行きつけの「あおい」の女将《おかみ》に預けた。今頃、美味い手料理をご馳走《ちそう》になっていることだろう。

甚幸建設の本社は、西武新宿《せいぶしんじゅく》線中井駅の改札を出て、山手《やまて》通りを渡った住宅街の中にあった。

まばらな街灯に照らされた薄暗い道を歩くと、三階建てのビルが見える。大人の背丈《せたけ》ほどの門扉《もんぴ》と塀で囲われ、入り口の脇に駐車場がある。軽トラックが一台、駐《と》まっていた。

その駐車場を抜けた裏手に、木造のアパート兼社員寮があった。ここにグエンの仲間が監禁状態で住まわされているらしい。

社長の桜庭の住居は、ビルの三階にある。木村の調査によると、離婚して愛人と住んでいるという。年齢は五十五歳。中年太りとは縁がなく、鍛《きた》えられた体には、般若《はんにゃ》と鯉《こい》の刺青《いれずみ》があるとの噂だ。

顔写真を一見して分かる特徴は、右耳の下半分がちぎれたようになっていることだった。若い頃の喧嘩《けんか》で、相手に嚙《か》みちぎられた跡である。

二十代の頃、町田が率《ひき》いる指定暴力団天照竜神会で世話になっていたが、暴力事件で逮捕されたことをきっかけに足を洗った……。

「しかし、まだ町田とは関係があるという話だ」

木村は言った。

「手ごわそうですね」

主水は、できれば桜庭と対峙《たいじ》したくないと思った。そんな男と、どうして樋口は何度も面会する必要があったのか……。

「行きますよ。主水さん」

主水と木村は、ビルの前に立った。

まずは内側から門扉を開けてもらわねばならない。木村がインターフォンのボタンを押した。

しかし、何の反応もない。木村はしかめ面《つら》になりながら、何度も押す。

「どなたですか？」

ようやくインターフォンから声が聞こえた。

「警察です。ちょっとお話を聞かせてもらいたいことがありまして」

木村が、インターフォンのカメラに警察手帳を向けた。相手は画面越しに見ているはずだ。

カチッ。

自動で門扉のロックが外された。木村がドアを開け、中に入る。

「主水さん、早く」

木村の合図で、主水は敷地内に足を踏み入れると、すぐさま駐車場を抜け、ビルの裏手へと急いだ。

「あっ、昼間の刑事さん」

主水の背後で、男の声が聞こえた。

玄関から出てきたのは、昼間、グエンを捕まえにきた桜庭金雄のようだった。

「ちょっと話を聞きたいんだが」

木村の声が聞こえる。

主水は、ビルの裏手に回った。木村が注意を引きつけてくれている間に、グエンの仲間を助けねばならない。

グエンの話によれば、普段、アパートには特に監視役もつかず、外国人実習生だけが寝起きしているという。しかし、グエンが逃げ出した直後だ。監視役の従業員がいるかもしれない。もし鉢合わせすれば、大きな騒ぎになってしまう。

アパートとは名ばかりで、その建物は簡素なプレハブの平屋だった。蛍光灯《けいこうとう》の青白い光に入り口が照らされている。

ドアには外鍵がかけられていた。ドアノブのすぐ下に掛け金をつけるタイプの錠前である。

――中から開けられないようにしてあるとは……。

もし、このアパート内で火事が発生すれば、大変なことになるだろう。外国人実習生の逃亡を防ぐためとはいえ、よくこれほど危険な管理をするものだ。主水の腹の底から、沸々《ふつふつ》と怒りが込み上げてきた。

主水は、持参した小さなライトで錠前を照らした。幸い、鍵は最も一般的なものだ。主水の手にかかれば、すぐに解錠することができる。

主水は屈《かが》み込み、口に咥《くわ》えたライトで手許を照らしながら、持参したピッキングツールを鍵穴に差し込んだ。これは市販のツールに、主水なりの改良を加えたものである。たいていの錠前なら解錠できる。

慎重に操作すること十数秒、カチッという小さな音がして、錠前が外れた。

「おい、何をやっているんだ」

主水は、背後から左腕を摑まれた。凄《すさ》まじい握力《あくりょく》である。指が腕に食い込んで、焼けつくような激痛が走る。

主水が振り向くと、咥えたライトの光が男の顔を照らした。太い眉。ぎらつくような大きな目。肉厚な鼻。半分なくなった右耳。

――桜庭だ。

主水は、持っていたピッキングツールで桜庭の手を刺した。

「ぎえっ、いてて。何しやがる」

桜庭は悲鳴を上げ、主水を摑んでいた手を離した。傷口を押さえ、その場にかがみこむ。

その瞬間に、主水は上着のポケットから狐面《きつねめん》を取り出して、顔に装着した。

桜庭が顔を上げた。

「な、何者だ。お前は！」

突如、目の前に現われた狐面に驚愕し、桜庭は尻餅《しりもち》をついた。

ライトの光を顔面にまともに浴びて、桜庭がまばゆそうに目を細める。

「桜庭雄一。外国人実習生に過酷な労働、生活を強いる不届き者め。お前のような奴は、高田町稲荷《いなり》の使者が許さない。今すぐ、この中にいる外国人実習生を解放するんだ」

主水は、アパートを指さした。

桜庭は立ち上がって、ズボンについた砂を払う。

「グエンだな。息子から話を聞いていた。あいつ、高田署に逃げ込んだってな。しかし、警官が来ると思っていたら、妙な狐とは驚きだ。まあ、何でもいい。おい、みんな出てこい」

桜庭が声を上げると、三人の屈強《くっきょう》そうな男が、角材やバールを持って現われた。彼らは、庭のどこかに隠れてアパートを見張っていたようだ。

――迂闊《うかつ》だった。

グエンの仲間を助けることに気を取られて、奴らの気配に気付かなかった。主水は、自分の迂闊さをひどく反省した。

――もう、歳かな。

しかし、やるしかない。

ビルの入り口には、木村がいる。騒ぎを聞きつければ、助けにきてくれるだろう。

「やれ！　狐野郎をたたっ潰《つぶ》せ」

桜庭が声を荒らげて命じた。

手下の三人は、一斉に角材やバールを振り上げ、主水に突進してくる。

――やばいな。

と思う間もなく、一人の男が角材を振り下ろした。主水は咄嗟に体をかわす。

ビュッという空気を切る音。

「ギャッ」

次の瞬間、男が腕を押さえて倒れ込んだ。男の取り落とした角材が地面に転がる。男の腕には、ピッキングツールが刺さっていた。

別の男が、バールを振り回して飛びかかってくる。もう一人も角材を前に突き出して突進してくる。主水は、ひらりと宙に飛び上がった。

「あっ」

二人の男が同時に叫ぶ。攻撃対象の主水が突然、目の前から消えたのである。

男の振り回していたバールが、勢い余ってもう一人の男の頭に振り下ろされた。

「あああ！」

殴られた男は悲痛な叫び声を上げ、角材を宙に放り投げてその場に倒れ込んだ。頭を押さえて悶絶《もんぜつ》している。

主水は、運よく足許に飛んできた角材を掴むと、バールを持った男の背後に忍び寄り、首の後ろを思いきり殴った。

――やり過ぎたか。

男は悲鳴も上げず、うつ伏せにバタリと倒れた。

「てめぇ。よくも……」

激怒した桜庭が、素手で主水に襲いかかってきた。主水の左頰めがけて桜庭の右拳《こぶし》が伸びてくる。主水は寸前でひょいとかわすと、桜庭の右拳を摑み、自分の体をくるりと回転させた。

「あああ。や、やめてくれ」

腕を捻《ひね》られた桜庭は、元に戻ろうと大きく体を一回転させ、地面に転げた。

主水はすぐさま桜庭に駆け寄り、いつもポケットに忍ばせている手拭《てぬぐ》いを取り出して捩《よじ》った。細いロープ状になったそれで、桜庭を後ろ手に縛りあげる。

「大丈夫だったかい？」

そのとき木村が、手錠をかけた桜庭金雄を伴ってやってきた。

「まあ、なんとか。少し息が切れました」

主水は、狐面を取らずに答えた。一民間人に過ぎない主水は、桜庭雄一に顔を見られたくなかったのである。

「派手にやったじゃない」

地面に這《は》いつくばって呻いている桜庭たちを見て、木村がニヤリとする。

「彼はどうしたのですか」

主水は、桜庭金雄を指さした。

「部屋に上がらせてもらってね。お茶なんぞ出してくれてさ。随分《ずいぶん》、待遇がいいなと思っていたら、俺に突然、殴りかかってきやがった。公務執行妨害の現行犯ってわけさ」木村は言い「いいものを見つけた」とにんまりとした。

「いいものって何ですか?」

主水の問いに、木村はチラリとだけ胸ポケットから書類を出してみせたが「後でじっくり」と言って、すぐ仕舞《しま》った。「今は早くグエンの仲間を助け出そう」

「そうですね」

主水は、鍵の開いたアパートのドアノブに手をかけようとした。

すると、ドアが勢いよく中から開いた。三人の外国人が飛び出してくる。一人は歩くのもままならず、左右の二人に体を支えられていた。

「あなたがたを助けにやってきました」

主水は、怯《おび》えた表情の三人の外国人に告げた。

しかし三人は喜ぶことなく、驚きに目を見張ってたじろいだ。狐面に驚いているのである。

「キツネ、キツネ」

主水を指さして、三人は口々に言う。

「私は、神様の使いです。グエンさんに頼まれてやってきました」

主水は穏《おだ》やかに、厳《おごそ》かに言った。

「おお、グエン、グエン。アナタ、ニッポンのカミサマ。ありがとうございます」

三人は口々に言い、一転して喜びの笑顔を満面に湛《たた》えた。

「ほんとに神様なんだからね」

木村が笑みを浮かべて言った。

「木村さん、彼らを一旦《いったん》、警察で保護してくださいますか」

主水の申し出に、木村は頷いた。

「パトカーを呼ぶことにする。ここまで派手にやってしまったから、始末書ものだな」

苦笑しながら木村は、携帯電話を取り出した。

「主水さんは、どうする？」

「私はここに残って、彼にもう少し質問をしたいと思います。樋口さんとの関係について」

主水が樋口の名前を出すと、後ろ手に縛られた桜庭雄一は激しく動揺し、表情を強張《こわば》らせた。

「何か知っているみたいだね。主水さん」

「そのようですね」

主水が首肯《しゅこう》する。

「ひょっとして、この書類と関係があるのかな」

木村がニヤリとした。再び胸ポケットから書類を取り出し、ひらひらとさせている。

「ああ、それは何の書類ですか？」

主水が聞いた。

「談合……。工事の受注調整の書類だ。こっちの話も詳しく聞かないといけない。なあ、桜庭さんよ」

木村は、地面に跪《ひざまず》いている桜庭に向かって言った。

桜庭は、何か恐ろしいものでも見たかのように唇を震えさせ、木村の顔を見上げた。

「日本には、カミサマがいるのですね」

二人に肩を支えられたベトナム人の若者が、掠《かす》れた声で呟いた。その表情には安堵の笑みが浮かんでいた。

「いますよ。悪い奴をやっつけて、正しい人を助ける神様がね。ねえ、お稲荷様」

木村が主水に笑いかけた。

「はい。神様の国ですからね」

主水は、狐面に隠れた顔を綻《ほころ》ばせた。

樋口の死の真相……。その鍵を握《にぎ》っているのは、この桜庭雄一ではないか。主水には、そんな気がしてならなかった。

遠くベトナムから家族のために働きにきたグエンたちを助けたいと願った樋口の優しさが、きっと真相解明に導いてくれるだろう。

近づいてくるパトカーのサイレンを耳にしながら、主水は確信した。

第六章　悪い奴は誰だ？

1

椿原美由紀から多加賀主水の携帯に「至急会いたい」とメールが入った。非常に重要なことで、勿論《もちろん》、生野香織も同席するという。

仕事を終えた主水は、三人がよく利用する喫茶《きっさ》「クラシック」に向かった。出がけにそれとなく確認したところ、香織はまだ仕事を終えられないようで、遅れて駆けつけることになった。

西日が差す高田通りを早足で歩く。

最近、この辺りにもオフィスビルが増えた。ちょうど帰宅時間に当たるからだろう、歩道では家路《いえじ》を急ぐサラリーマンやＯＬと多くすれ違った。

「ん？」

主水は、なにやら異様な気配を感じて立ち止まった。人の流れが、主水のところで淀《よど》む。身構えて、周囲を見渡した。しかし、何も変わったところはない。

——気のせいか……。

と、緊張を緩《ゆる》めた瞬間、背後から腕を摑《つか》まれた。驚いて振り向いた主水の目に、意外な顔が映った。

「阿久根……」

主水の視界に入ったのは、沼尻鉄太郎都議会議員の秘書、阿久根雄三だった。

「主水さん、どうしたね。普通なら殺《や》られているよ。銀行でノンビリしているうちに鈍《にぶ》くなったんじゃやない？」

主水はニヤリとした。阿久根からため口をきかれるほど親しくはない。

「離してくれ。急いでいる」

主水が腕を振ると、阿久根はあっさり手を離した。

「なあ、主水さん。もういい加減にしないか」

阿久根が口髭《くちひげ》を指先で触る。地味な黒縁眼鏡《くろぶちめがね》をかけた男だ。通行するサラリーマンたちには、久しぶりに会った友人二人が周囲の迷惑を顧《かえり》みず、歩道の真ん中で立ち話に興《きょう》じているように見えることだろう。

「なにを」

「沼尻を探ったり……。まあ、いろいろだな」

阿久根は粘《ねば》っこい笑いを浮かべる。

「こっちの勝手だ」

主水は突き放すように言った。

「主水さんからは、俺と同じ匂いがする。こっちに来ないか。ずっと楽しいぞ。銀行のロビーでジジイやババアを相手にしているよりな」

議員秘書らしからぬ下卑《げび》た態度で、阿久根が笑う。

「生憎《あいにく》だな」

主水は吐き捨てた。

「主水さんをどうかしようって気はない。面倒だからな。しかし、お前にも大事な人がいるだろう？」

なおも阿久根はにんまりとする。

主水はいよいよ険《けわ》しい表情で阿久根を睨《にら》みつけた。

「例えば、遅れてくる予定になっている女子行員とかね。ははは」

「お前！　何かしたのか」

堪《たま》らず主水は声を荒らげて、阿久根のスーツの襟《えり》を両手で掴んだ。

行き交《ゆ か》う人が驚いて振り返った。皆、怯《おび》えた表情で足早に離れていく。

「やめなさいよ。そうやってすぐに興奮するのは歳を取った証拠だよ。何もしていないさ。例えばって話さ」

阿久根は主水の腕を払った。仕方なく主水は手を離す。

「彼女に何かあったら承知しない」

「できれば俺も女性に危害は加えたくないさ。でも俺は一人じゃない。俺以外の誰かが、主水さんの意に沿わないことをするかもしれない。それは止められない」阿久根はゆっくりと襟を正し、笑みを浮かべた。「これは警告だ。俺たちはビジネスをしている。取《と》引だ。お前が動くのを止《や》めたら、俺たちも動かない。もし動きを止めないなら、容赦《ようしゃ》はしない。それだけだ」

「俺は行くぞ」

主水は踵《きびす》を返した。

「主水、よく考えるんだ。分かったな」

阿久根に呼び捨てにされ、主水は一瞬立ち止まったが、そのまま振り向かずに待ち合わせ場所へと急いだ。

喫茶「クラシック」の前に立ち、主水は逡巡《しゅんじゅん》した。中で美由紀が待っているはずだが、ドアを押す手が重かった。

このままドアを開ければ、もはや後戻りできないような気がしたのである。美由紀や香織にもしものことがあれば、取り返しがつかない。阿久根は本気だ。

「主水さん、なにやっているの」

背後から声がした。振り向くと、そこにはいつもの快活な香織の笑顔があった。

「生野さん！」

主水は、思わず香織の両肩に手を置いた。このまま強く抱きしめたい気分だった。

「どうしたんですか？」

香織は戸惑《とまど》い、目を見開いていた。

「いや、何も、すみません」

主水は謝ると同時に、香織の服装を確認した。紺《こん》の上着に、同じ色のフレアスカート。いつもより堅《かた》い印象の服を着ている。どこにも乱れや外傷は見当たらない。

「嫌らしい。どこ見てるんですか」

香織が目を吊《つ》り上げて怒った。

「あっ、すみません。今日は、えらく真面目《まじめ》な格好《かっこう》だなと思いまして」

「いつも真面目な格好をしているでしょう!」香織が膨《ふく》れる。「今日は、ちょっとこの後、叔父《おじ》さんをお見舞いに行くの」

「叔父さんって?　神無月さんですか」

神無月隆三は、主水を第七明和銀行に誘った総務部渉外係《しょうがいがかり》の男である。

「そう」

頷《うなず》いて、香織は店のドアに視線を向けた。暗に、どうして開けないんですか?　と主水に訴えている。

「神無月さん、どうかされたのですか」

主水の脳裏《のうり》に、阿久根の顔が浮かんでいた。何やら不吉《ふきつ》な予感がする。

「この間ね、一緒に食事をした帰り道、叔父さん、駅の階段を踏み外して転んだの。そんなに飲んでいないのに、そそっかしいんだから」

香織がその場面を思い出したのか、苦笑する。

「それで?　ケガの具合は?」

主水は真剣な表情で香織に迫った。

「足を骨折したの。複雑骨折じゃないけど。それで入院。滝野川《たきのがわ》病院の五〇三号室」

主水は一瞬だけ表情を曇《くも》らせたが、病院名と病室番号を頭に叩き込むと、すぐに笑顔を作って「では入りましょう」とドアを押した。

カウベルが澄《す》んだ音を鳴らした。

2

「なあ、桜庭よ。もういい加減に吐いたらどうなんだ。かれこれ六時間も、お前のつまらねぇ顔を見ている俺の身にもなってくれよ」

高田署の取調室では、甚幸建設の桜庭雄一社長が、木村健刑事を前に項垂《うなだ》れていた。

テーブルには、近くの中華料理店から出前してもらったラーメンが置いてあるが、桜庭は箸《はし》をつけていない。

「木村さん、ヤバいんだよ」

ようやく声を絞《しぼ》り出した桜庭は、今にも泣きそうな顔をしていた。

「だから何がヤバいのか、それを言ってくれればいい」

「殺されちゃうよ」

「誰にだ？」

「それは言えない」

「だったら息子の金雄を公務執行妨害《こうむしっこうぼうがい》と傷害の罪で懲役《ちょうえき》に出しちまうぞ。ベトナム人の監禁容疑も加われば、確実に懲役だ」

木村が机を叩いた。ラーメンの丼《どんぶり》が揺れ、澄んだ黄金色《こがねいろ》の醬油《しょうゆ》スープにさざ波が立つ。

「それは勘弁してくれ。息子の将来が台なしになってしまう」

桜庭が顔を上げ、木村に懇願《こんがん》した。

「だったらもういい加減に話せ。これは談合の書類だ。息子が持っていたぞ。工事は東京湾のオリンピック選手村跡地に建つ、東京都の第三セクター施主《せしゅ》のマンションだな。ショッピングセンターから芸術劇場、そして高級マンションなど、まるで一つの街だ。こんなものを造るんだな」

木村は書類をテーブルに置いた。

「未発表の案件だ。工事があるとは限らない」

桜庭は眉根《まゆね》を寄せた。

「取引しないか」

木村が鼻先を桜庭に近づけた。桜庭は顔をそむける。

「どういうことだ?」

「お前や息子が懲役になれば、甚幸建設は公共事業を受注できない。民間の受注もキャンセルになるだろうな。銀行は融資をしてくれない。会社としては危機ってわけだ。お前は、昔はやんちゃだったが、今はれっきとした建設会社の社長だ。息子にも会社を譲《ゆず》りたいだろう」

先ほどの高圧的な口調とは打って変わって、木村はゆっくり丁寧《ていねい》に言い聞かせる。

「なにが言いたいんだ」

桜庭は不機嫌《ふきげん》そうに顔を歪《ゆが》めた。

「だから、俺との取引に応じろということだよ。そうすればお前も息子も、このまま何事もなかったかのように釈放《しゃくほう》してやる」

木村の提案に、桜庭がびくっと体を反応させた。

「聞かせてくれないか」

桜庭が木村を睨んだ。

「まずは俺の見立てを聞いてくれ。この大型建設工事は、オリンピックが終わった後に予定されているな。経済に疎《うと》い俺でも、宴《うたげ》の後の寂《さび》しさは分かる。だから東京都も建設業界も、ポストオリンピック、ポスト二〇二〇に関心を払わざるを得ない。雇用がぐんと冷え込むからな」木村は、桜庭の前に置いてあったラーメンの丼に手を伸ばした。「もったいないから食うぞ」

「ああ」

桜庭が頷く。

木村は、音を立てて麺を啜《すす》った。しかし視線は桜庭を捉《とら》えたままだ。

「お前の会社は、都議の沼尻と深い関係がある。沼尻のお陰で都の仕事を受注しているんだろ？」

「どうしてそう思うんだ？」

「お前の会社の役員として、民自党の秋田議員の秘書が名を連ねている。沼尻は秋田の子分だからな。だから秋田、沼尻が、お前の会社から上がりを吸っていることになる」

木村は、割り箸を桜庭に向けた。桜庭の頬《ほお》に汁が飛ぶ。桜庭は顔をしかめ、手の甲で頬を拭《ぬぐ》った。

「それは……」

苦渋《くじゅう》の表情で、桜庭が目を伏せる。

「まあ、聞けよ。秋田や沼尻が親しいゼネコンはどこかと考えた。すると妙なことが分かった。ここにお前が怖がる理由がある」

木村が、丼をテーブルの脇に置いた。半分、食べ残している。

「どんな理由だ」

平静を失いつつある桜庭は、しきりに瞬《まばた》きを繰り返した。

「だいたいこんな大型工事を元請《もとう》けできるゼネコンは限られている。鹿妻《しかづま》組、大《おお》川《かわ》建設、清原《きよはら》建設、そして須藤組だ。ところで最近、妙な事件が起きている。犯人は挙がっていないのだが、清原建設の工事現場でボヤがあった。その前には大川建設の営業担当専務が交通事故に遭《あ》った。幸《さいわ》い、軽傷で済んだがね。そのもっと前には、鹿妻組社長の乗っていた車が追突された。どの事件も軽微なもので、犯人は捕まっていない。どの会社も事件当初は『絶対に犯人を捕まえて欲しい』と言っていたんだが、最近は『もういいです』という態度なんだ。我々としては捜査を進めたいのに、おかしいと思わないか。そしておかしいことが、もう一つ。須藤組には何のトラブルも起こっていないんだ」

木村がわざとらしく首を傾《かし》げる。

桜庭の額《ひたい》に汗が滲《にじ》んでいた。

「暑いか」

木村が薄く笑う。

「いや、大丈夫だ」

桜庭は指先で汗を拭いながら答えた。

「全ては天照竜神会の町田か？　町田に金が渡っているのか？　お前は若い頃、町田に可愛《かわい》がられていたな。すっかり足を洗ったことになっているが、全ては町田の差し金か。お前が他のゼネコンを脅《おど》しているのか。お前の会社は、須藤組の仕事を多く受注している。須藤組だけは見逃しているのかい」

木村がさらに詰め寄った。桜庭は苦しそうに顔をそむける。

「実は去年、九州で広域暴力団加藤会《かとうかい》に脅されて、大川建設が二〇〇〇万円ふんだくられた。この事実がばれた時、大川建設の総務担当は『工事を予定通り安全に進めるための保険料だ』と、悪びれもせず警察にのたまいやがった。今、日本中で建設工事が真《ま》っ盛《さか》りだ。建設業界は好景気に沸いている。ポスト二〇二〇も、同様の状態が続くことを願っている。現場の作業員に暴力団組員を送り込まれて工事を中断させられたら、建設会社としてはたまったもんじゃない。何億、何十億っていう損失になる。そうならないためには、暴力団に金を払うのも仕方がない。もともと工事受注額の一パーセントを奴らに上納していたが、今ではそれが跳ね上がって、二パーから三パーになったって情報がある。一〇〇億の工事なら二億から三億。一〇〇億なら二〇億から三〇億だ。これは皆、税金なんだぞ！　てめえら、ゼネコンから幾《いく》ら巻き上げているんだ！」

木村がテーブルを思いきり叩《たた》いた。ラーメンの丼が宙に躍《おど》って床に落ち、激しい音を立てて粉々になった。麺やスープが辺りに飛び散る。

「あ、危ない」

桜庭はパイプ椅子の上で体を縮《ちぢ》こめた。顔が赤く充血している。

「お前は町田の意向を受けて談合を仕切ると同時に、ゼネコンを脅す役を担《にな》っていたんだろう。下請け企業という目立たない立場を隠《かく》れ蓑《みの》にしやがって！　そして、その事実に気づいた第七明和銀行高田通り支店の行員、樋口一郎を殺したんだ！」

木村が声を張り上げると、取調室のドアのガラスが共鳴して震えた。

「違う！　殺してなんかいない！」

意を決した桜庭が、木村に負けじと両手でテーブルを叩き、身を乗り出した。

「違うんだったら、正直に言いやがれ！」

「分かった……。正直に言えば、見逃してくれるんだな」

桜庭が木村を見つめ、荒い息を吐いたかと思うと、がくりと深く頭《こうべ》を垂《た》れた。

3

「頭取がいなくなったのよ」

美由紀が、声をひそめた。

「どうして」

目を見開いた香織が、大声の出かかった口を自《みずか》らの両手でふさぐ。

店内には、ベートーヴェンの『月光』が重く切なく響いていた。

「いつの話ですか？」

主水は冷静に尋《たず》ねた。

美由紀に向き合いつつ、周囲への警戒も怠《おこた》らない。

――お前にも大事な人がいるだろう？

――もし動きを止《と》めないなら、容赦はしない。それだけだ。

阿久根の言葉が、主水の頭にこびりついていた。この二人の女性を、何としてでも守らねばならない。この店のどこかに、阿久根たちの目が光っているかもしれないのである。

「行方不明なのは、今日の午後からです。新田秘書室長によれば、頭取からいきなり『ちょっと出かける。午後の会議を全てキャンセルしてくれ』と指示されて、それっきりなんだそうです。何度、携帯電話に連絡をしても返事がない。そこで新田秘書室長が、すぐに主水さんに相談してくれって」

美由紀が縋《すが》るように主水を見つめた。

「なぜ、私に？」

「こんなことは主水さんにしか相談できないって」

美由紀は頷いた。

「他にこのことを知っている人は？」

主水は困惑《こんわく》しつつ聞いた。

「いません。でも、明日も明後日《あさって》も銀行に姿を見せないとなれば、大変なことになります」

頭取の下で仕事をこなすこともあった美由紀は、今にも泣きだしそうだった。

「何か思い当たるふしとか、行き場所とかは？　新田さん、何か話していませんでしたか」

主水は努《つと》めて落ち着いた口調で問いかけた。

「美由紀、落ち着いてね」

美由紀の傍《かたわ》らで香織が宥《なだ》める。

「ええ、待ってね。思い出すわ」美由紀は深呼吸し、テーブルの上の紅茶を凝《ぎょう》視《し》した。そして何か思いついたのか、眉をぴくりと動かす。「そういえば今朝、書類を届けにいった時、頭取がぽつりと呟《つぶや》いていたわ。『ありがとう椿原さん、悪い悪い。私は悪い人間だね』とかって……」

「えっ、それって、どこかで聞いたような気がする」

香織が問いかけるような表情で主水を見つめる。

「ええ」主水は深刻な顔つきで顎《あご》を引いた。「樋口さんの首にかかっていた段ボール板の言葉ですよ。『私は悪い人間です』……」

「嫌だぁ。何それ」

香織が驚愕《きょうがく》して、甲高《かんだか》い声を出した。何人か、周りの客が訝《いぶか》しげな視線をこちらに向ける。主水は人差し指を唇《くちびる》に当てて「しっ」と制止した。

「二人ともいいですか」

主水は、美由紀と香織の二人を交互に見つめた。「事件を整理してみましょう。頭取と樋口さんが、共に同じ言葉を残している。一方は死に、一方は失踪《しっそう》。これは、偶然や思い過ごしにしてはできすぎています。何か関連があると考えていいでしょう。そのことを前提に、話を進めてもいいですか?」

「分かりました」

美由紀が緊張して唾《つば》を飲み込む。

「主水さん、続けてください。私たちも何か思い出したら補足します」

香織が真剣な目で、主水を促《うなが》した。

「まず、樋口さんが亡くなりました。首から『私は悪い人間です』と書かれた段ボール板を提《さ》げていた。警察は自殺として処理しましたが、私たちはなかなか納得できませんでした」

そこへ美由紀が口を挟んだ。「そんな時、新田秘書室長から『樋口さんの死について調べてくれ』と言われたんですよね。それは吉川頭取たっての依頼だった……」

「ねえ」香織が急に声をひそめ、主水と美由紀を交互に見た。「樋口さんを殺したのは、頭取じゃないかしら」

香織は冗談を言っているのではない。あくまでも真面目な顔つきだった。

「何を言うのよ。ありえないわ」

すかさず美由紀が怒った。

「ちょっと待ってよ。最後まで聞いて」香織が片手を挙《あ》げ、美由紀を制した。

「孤児である樋口さんは、本当の父親を捜《さが》していた。杏子さんと結婚するためには、本当の自分を見つけなくちゃならなかったから……。そのために、都議の沼尻にも近づいた。その過程で、頭取の秘密を知った。秘密がバレたことに気づいた頭取は、口封じのために樋口さんを殺した。だから同じ懺悔《ざんげ》の言葉を残して、頭取も消えた……」

「あのさぁ、頭取のどんな秘密を知ったっていうのよ」美由紀はあきれ顔で反論した。「樋口さんの死について調べて欲しいと主水さんに頼んだのは、他でもない頭取よ。自分で殺して、自分が犯人であることを調べさせる人がいると思うの？」

「それはさ、最初は責任を感じて、自分が犯人であることを早く誰かに知られたいと思ったわけよね。これは犯罪者心理にも合致する。犯人って、どこかで自分の犯罪を明らかにしたいものなの。だけど徐々に主水さんや私たちが核心に近づいてきたから、怖くなったのよ。その証拠に途中から『自分は調査を依頼していない』って言い出したでしょう」

香織は主水に視線を送り、同意を求めた。

「主水さん、なんとか言ってください。頭取が樋口さんを殺しただなんて、ありえないでしょう?」

美由紀も美由紀で、返答を急《せ》かすように主水を見つめる。

主水は眉根を寄せてしばらく考えていたが、ぽつりと言った。

「もしかしたら香織さんは、いいところを衝《つ》いているかもしれません」

「ええっ、なぜなのよ。頭取が殺人者ってわけ⁉」

美由紀が悲鳴を上げる。

「静かに。誰かが聞いているかもしれませんから」

主水は鋭《するど》い目で美由紀をたしなめた。

「主水さん、説明してください。私、頭取が殺人者だなんて耐えられません」

「一つ、お二人に注意しておかねばなりません。ここへ来る途中で、沼尻の秘書である阿久根に会いました。阿久根は、はっきりと警告しました。彼らはあなた方お二人を監視し、狙っていると」

美由紀と香織は、途端に表情を強張《こわば》らせた。二人の目元が潤《うる》み、細かく震えている。

「奴は本気でしょう。おそらく」主水は香織に目を向けた。「神無月さんが駅の階段から落ちて足を骨折したのも、阿久根の仕業《しわざ》ではないかと思われます。あくまで推測ですが」

「きゃっ」

香織が鋭く悲鳴を上げ、再び慌《あわ》てて口を自らふさいだ。恐怖で吊り上がった目に涙が溜《た》まって盛り上がる。

「安心してください。お二人に手出しなどさせません。さて、阿久根がなぜそこまで私たちの動きに関心を示しているのか。それは間違いなく、樋口さんの死に、沼尻が絡《から》んでいるからです。樋口さんは、本当の父親が誰かを知るべく、沼尻に接触したと思われます。全てはそこから始まっています」

二人は主水の話に聞き入り、不安を振り払うように大きく頷いた。

「落合の『光の養護院』の理事長だった沼尻は、いわば樋口さんの育ての親です。大人になった樋口さんは、当然、沼尻に接触した。しかし、なかなか答えは得られない。そんな折、第七明和銀行で斎藤あずみさんと再会した。彼女とは、かつて養護院で同じように生活をした仲です。のちにあずみさんの夫になる斎藤譲もいた。それぞれが貧しく、不幸な境遇です。それでも、とても仲が良かったのでしょう。喜びも悲しみも一緒に味わった」

主水の静かな言葉遣いに、香織と美由紀の表情が少しずつ和《なご》んでいった。幼い少年少女たちが顔を綻《ほころ》ばせ、眩《まぶ》しい光の中で手を繋《つな》いで遊んでいる……。そんな姿が目に浮かんでいるのだろう。

「しかし、時は残酷《ざんこく》なものです。養護院はなくなり、三人の人生もばらばらになります。斎藤あずみさんの夫となった譲は、沼尻の秘書、次いで民自党議員秋田修三の秘書になりました。あずみさんと再会した樋口さんは、そのことを教えられます。すぐさま樋口さんは、旧友である譲にも接触したことでしょう。そこから、甚幸建設の桜庭とも知り合います」

「それが、先日のベトナム人グエンさんの救出劇につながるんですね」

香織が納得したように頷いた。

「その通りです。グエンさんによれば、樋口さんは甚幸建設の桜庭雄一と何やら話し込んでいた。いったい、何の話をしていたのでしょうか？」

主水は二人に問いかけた。

「なんの話かな？　ねえ、香織はどう思う？」

「うーん、やっぱり、樋口さんの本当のお父さんの話？　それとも、ビジネスの話かしらね。樋口さんが融資の担当ではなかったみたいだけど……。主水さん、もったいぶらずに早く答えを話してよ」

「はい。ビジネスはビジネスでも、桜庭たちが企《たくら》んでいる悪いビジネスの話でしょう。先ほど会った阿久根は『俺たちはビジネスをしている』と言いました。樋口さんは、本当の父親を捜して訪ね歩く過程で――おそらく斎藤譲からだと思いますが――沼尻や秋田の違法なビジネスについて、情報を得たのではないでしょうか。そもそも養護院で育った樋口さんが大学を出て第七明和銀行の行員になったことも、おそらく偶然ではありません。裏で沼尻の意図が働いていた。そしてベンチャー企業への融資案件では、献金を受け取っていた……。やはり、彼らの悪だくみには銀行も絡んでいるのでしょう」

「第七明和銀行……うちの銀行が違法なビジネスに関係しているの！」

香織と美由紀が声を揃《そろ》えた。

「しっ。声が大きいです」

主水が唇に指を当てる。

「すみません」

二人は同時に謝った。

「これはあくまで推測です。わが行の代表たる頭取自身が悪いビジネスに絡んでいるのなら、わざわざ『樋口の死について調べよ』などとは指示しないでしょう。頭取は、樋口さんが何らかの違法ビジネスに関係していたのではないかと心配されたのかもしれない」

「樋口さんは、銀行が関係している違法ビジネスの実態を知った。それには、沼尻都議や秋田議員も関係している……。うーん、なんだろう?」

香織が思いきり顔を歪めて考えている。

「樋口さんは、甚幸建設の桜庭雄一と接触したと言いましたよね」主水は話を続けた。「高田署の木村刑事が、今、桜庭を調べてくれています。どうやら桜庭雄一は、暴力団天照竜神会の町田一徹と関係がある、あるいは関係があったそうです。また阿久根は、間違いなく町田の配下です」

――この問題は奥が深いぞ。町田の恨《うら》みもあるからな……。

阿久根と初めて話した時、そう言われたことを主水は思い出していた。

「天照竜神会の町田一徹は、第七明和銀行合併以来の宿痾《しゅくあ》というべき存在です」

「あのう、主水さん、宿痾ってなんですか」

香織が恥ずかしそうに聞いた。

主水は口をぽかんと開けて香織を見ると、テーブルに突いていた手をずずっと滑らせた。

「知らないの、香織」

呆《あき》れた様子の美由紀が、香織の額を指で押す。

「ぷーっ」香織が膨れる。「美由紀は知っているの？」

「治らない病気、治療しても治療しても根治できない病気のことよ」

美由紀が薄笑いを浮かべた。いわゆるドヤ顔だ。おかげで張り詰めていた空気が緩んだ。

「さすが美由紀さんです。新田さんの秘蔵《ひぞう》っ子だけのことはあります」

主水が褒《ほ》めると、美由紀は照れた。「秘蔵っ子だなんて、そんなぁ」

「どうせわたしは馬鹿ですからね。秘蔵っ子じゃなくて、駄目《だめ》っ子です！」

香織が真剣に怒り出した。

「まあまあ、お二人とも第七明和銀行の宝ですから」

主水は微笑《ほほえ》みながらお世辞《せじ》を言う。

「ということは、主水さん」美由紀が話題を元に戻した。「今度のことも天照竜神会の町田一徹が背後にいると考えられるのですね」

「はい。間違いないと思います。ですからお二人も気をつけてください。できれば当分の間、どちらかの家で一緒に暮らしてくれませんか？」

主水が提案すると、香織が顔をしかめた。

「えっ、私と美由紀が一緒に暮らすの？　付き合っている人がいたらどうするの？」

「いるの？　香織？」

美由紀が真面目な顔で聞き返す。

「ん？　まぁ、いないけど」

香織は少し不貞腐《ふてくさ》れてみせた。

「ならいいじゃないの。私のマンションはセキュリティばっちりだから、ここは主水さんの言う通りにしよう？」

「わかったわ。ところで、町田が関係しているなら、失踪した頭取は大丈夫かしら？　まさか町田に誘拐されたんじゃないですよね。主水さん」

不安げに問う香織に、主水も表情を沈ませてわずかに首を傾げた。

4

ややくすんだ白い建物が、灰色の空と同化して、一層陰鬱《いんうつ》な雰囲気を醸《かも》し出している。

「ここですね」

主水は病院の建物を見上げ、香織に確認した。

「はい。ここの五〇三号室です。叔父さん退屈しているから、主水さんのお見舞い、喜びますよ」

香織は明るく言った。

「私も一緒でいいかな」

美由紀が遠慮がちに呟く。

「だって今晩は泊めてくれるんでしょう？　だったら一緒でいいじゃない。叔父さんも美人が来れば喜ぶから」

香織は主水と美由紀を先導して、病院の受付に向かった。

病院内には老人の姿が目立っていた。入院患者も見舞い客も、年配者が多い。見るからに若々しい香織や美由紀が、ひときわ華やかに感じられた。

エレベーターで五階に上がる。

「ここです」

香織が五〇三号室の前で足を止めた。「神無月隆三」と書かれた名札だけが表示板に差し込まれている。個室なのだろう。

主水は黙って名札を抜き取った。

「主水さん?」

香織が怪訝《けげん》そうな表情で主水を見上げる。

「いえ、ちょっと心配になっただけです。病院には私から事情を話しておきます。最近は名札を出していないことも多いらしいですよ」

主水は笑みを浮かべてみせた。

必要以上に不安になることはないが、事件が解決するまで、何かと警戒するに越したことはない。何しろ相手は町田一徹である。どんな手を仕掛けてくるか分からない。

「叔父さん、主水さんが見舞いにきてくれたわよ」

気を取り直した香織が、ベッドに近づいて弾《はず》んだ声で神無月に呼びかけた。

「ご機嫌《きげん》いかがですか？」

主水は、道すがら高田通り商店街で誂《あつら》えた花束を見せた。

神無月は、ギプスを嵌《は》めた右足を天井から吊られていた。見るも痛々しい光景だが、本人はいたって元気な様子だ。読んでいた本を脇に置き、顔全体を笑みで埋める。

「いやぁ、ありがとう。お恥ずかしい。俺も歳かな。美由紀さんも一緒なの？」

神無月の目が美由紀を捉えた。

「はい。お久しぶりです。お元気そうですね。安心しました」

美由紀が笑顔で言うと、神無月は相好《そうごう》を崩した。「酒を飲めないのが辛いだけだね。まあ、いい骨休めだと思っているよ」

「骨を折って骨休めもないでしょう？」

香織がからかった。

主水は、持参した花を花瓶に挿《さ》した。それだけで一気に病室が華やぐ。

「神無月さん、ちょっとお聞きしてもいいですか？　体調に支障はないですか？」

神無月に歩み寄った主水は、ベッドの傍《そば》の椅子《いす》に腰を下ろした。

「いいですよ。話し相手に困っていたからね」

鷹揚《おうよう》に答えた神無月だったが、少し身構えているようにも感じられた。

「曾谷太郎という総会屋を覚えておられますか？」

主水は単刀直入に切り出した。

神無月は天井を仰《あお》ぎ、しばらく無言だった。時折、記憶を辿《たど》るかのように目を閉じる。

「懐《なつ》かしい名前だな。その名前を今頃、聞くとは思わなかった」神無月は往時を懐かしむように微笑んだ。「曾谷太郎はインテリで、経済総会屋の走りだった。なかなかの二枚目で、いつも仕立ての良いスーツを着ていた。慶明《けいめい》大学経済学部を卒業して、一時は大手証券会社の村野《むらの》証券に勤務していた。そこから総会屋に転じたのだ。慶明大学は経済界に人脈が多くてね。彼は、それらを巧《たく》みに利用していたなぁ」

「その人がどうしたっていうの？」

香織が興味津々《しんしん》といった顔で話に割って入ってくる。

主水は一瞥《いちべつ》し、香織を制した。主水の真剣な眼差《まなざ》しに射すくめられた香織は、バツが悪そうに首をすくめた。

「私が曾谷と出会った頃、彼はまだ三十歳になっていなかったんじゃないかな。私も合併前の第七銀行の行員だった」再び神無月が話し始めた。「それでも銀行は曾谷のことを恐れていたね。彼は財務諸表が読めてね。経営の問題点を鋭く突いてくるんだ。株主総会を前にして、彼からこんなに――」そう言って神無月は、親指と人差し指で単行本ほどの厚みを表現した。「質問状が届くと、経営陣は顔を蒼《あお》ざめさせてさ。総務部に『何とかしろ』と言ってきたものさ」

「叔父さん、何とかできたの？」

香織はどうしても黙っていられないようで、また口を挟んだ。

神無月は、親指と人差し指をくっつけて輪を作り、にやりと笑った。しかし、その目じりには悲しさが漂っている。

「金だよ。トランクに一杯、一万円札を詰めてね。曾谷の事務所に運んだものさ。私も若かったが、あいつも若かった。なぜこんな若い奴に巨額の金をやらねばならないのかと腹が立ったが、トップを守るためだと言われれば仕方がないさ」

「神無月さんは第七銀行出身ですが、曾谷は明和銀行とも関係があったのですか」

主水の問いに、神無月の表情が険しくなった。

「ああ、明和銀行とは密接だったね。実は曾谷は、天照竜神会の町田一徹と関係が深い。曾谷は頭の良い男だったから、自分の経済的な知識と町田の暴力が一緒になれば、天下を制することができると考えたのだろうね。それに一番食われたのが明和銀行だったという話だ」

「詳しく話してください」

「主水さんに最初に依頼した事件、覚えているかい。権藤前会長の不良債権飛ばし。あの一件では、三雲《みくも》不動産の三雲豊喜《とよき》と町田が組んで脅しをかけてきたね。結局、裏で糸を引いていたのは明和銀行出身の前頭取、木下富士夫だ。明和銀行には、町田とのつながりが脈々とあったんだよ。第七銀行とは比べ物にならないほど、深いつながりがね。もちろん、そのことは極秘にされている。合併した今も、恐らく完全に関係が遮断《しゃだん》されたということはないだろう。悲しいことだがね。ところで、町田と明和銀行の関係を取り持ったのは曾谷ではないかという噂《うわさ》があった。明和銀行は慶明大学閥《ばつ》だから、その辺りから上手《うま》く食い込んだのかもしれない」

「そういえば、吉川頭取も慶明大学経済学部卒だわ。昭和五十四年卒ね。木下前頭取は同じ慶明大学経済学部。曾谷はどうなのかしら」

美由紀が戸惑いと不安を滲ませて呟くと、神無月の視線が鋭くなり、美由紀を捉えた。

「私の記憶では、曾谷も慶明大学経済学部を昭和五十四年に出たはずだよ」

神無月が言った。

「接点があるかもしれないの?」

香織が聞いた。

「それは分からない。可能性だけだ。慶明は大きな大学だからね。ただし、噂があったことは事実だ」

神無月は意味ありげな視線を主水に向けた。

「そして曾谷は謎の死を遂《と》げた……そうですね」

主水は、神無月の目をじっと見つめ返した。

「そうだ。突然だった。轢《ひ》き逃げ事故でね。犯人は捕まっていないと聞いている」

「怖い……」

香織が怯えて自分の肩を抱いた。

「実は、曾谷の娘が斎藤あずみさんなんです」

主水は、香織と美由紀に打ち明けた。

「えーっ」

二人が声を揃え、驚愕の悲鳴を上げた。

「どういうこと？」

主水は二人が驚くのを無視して、神無月に質《ただ》した。

「現在、吉川頭取が行方不明なのです。曾谷や町田に関係があると思われますか？　直感で結構です。お答えください」

神無月は再び天井を仰ぎ、しばらく考え込んだ。騒いでいた香織と美由紀も口を噤《つぐ》むと病室は沈黙で満たされ、緊張で張り詰める。

「関係があると思う。今、頭取は何かに追い詰められているのではないかなぁ。ただ、あの人は逃げる人ではない」

神無月は上半身だけ捻《ひね》って、真《ま》っ直《す》ぐ主水に向き直った。

「私もそう思います」主水は居住まいを正した。「実は、頭取がいらっしゃる場所に心当たりがあります」

「えーっ。本当ですか！」

香織と美由紀がまた驚いた。

主水は二人に向けて小さく頷くと、再び神無月に相対した。「ところで神無月さん、気をつけてください。これは外しておきますから」と病室の名札を見せた。

「ありがとう。気をつける。もし病院が名札が必要だと言ったら『多加賀主水』にしておくよ。敵が逃げていくから」

神無月が微笑んだ。

5

高田稲荷《いなり》の本殿の中に、一人の男が正座していた。

男の顔を、雪洞《ぼんぼり》の灯りが淡《あわ》く照らしている。

男はじっと目を開け、一点を見つめたまま微動だにしない。

突然、灯りが点滅し始めた。動揺したのか、男の体も僅《わず》かに揺れた。

灯りが消えた。本殿の中は一瞬、真っ暗になったが、すぐ祭壇に置かれた電灯式の燈明《とうみよう》が点《つ》いた。とはいえ、あまり明るくないため、うすぼんやりした光だけが男の体を包んでいる。

「吉川さん」

自分の名を呼ぶ声に反応して、男が顔を上げた。

「あっ、お稲荷様」

男は慌てて平伏する。

吉川栄——第七明和銀行の現頭取である。彼の目の前に、狐面《きつねめん》に白装束《しろしようぞく》の人物が立っていた。

「皆が心配していますよ。行き先も告げずにいなくなってはいけません」

狐面は、静かに言い聞かせた。

「申し訳ございません。ご心配かけます」

体を起こした吉川は、改めて狐面と向かい合う。

「迷いは吹っ切れましたか？　樋口さんの悲しみを晴らしてあげてください。吉川さんは、全てをご存じなのですよね」

狐面はあくまで優しい。

吉川は突然、涙を流し始めた。

「お稲荷様もご存じでしたか……」吉川は項垂れた。

「誰にでも過去はあり、過去の間違いはあります。それをどのように正すかで生き方が変わります。勇気を持ちなさい。皆、あなたについていきますから」

「分かりました。ここに来れば、あなたにお会いできると思っていました。私は悪い人間です。弱さを克服できませんでした」

吉川は狐面を見つめ、スーツの袖《そで》で涙を拭った。

「強い人など一人もいません。また、自分を良い人間だと言いきれる人もいません。それが人間です。さあ、頭取、勇気を出してください。あなたはリーダーなのですから」

狐面は強い口調で諭《さと》した。

「分かりました。今夜十時に、赤坂《あかさか》にあるわが行の迎賓館《げいひんかん》『一陽閣《いちようかく》』で行なわれる集まりを阻止《そし》します」

吉川は立ち上がった。目線が狐面と同じ高さになる。

「木下富士夫相談役、沼尻鉄太郎、そして秋田修三らが集まるのですね。今しかありませんよ。町田一徹との関係を遮断する機会を逃してはなりません」

「分かりました。ありがとうございました。あなたに会えてよかった」

吉川は踵《きびす》を返すと、本殿の戸を開けた。階段を下り、参道に立つ。

突如《とつじょ》、数人の男たちが吉川に駆け寄り、行く手を阻《はば》んだ。全員、暗がりの中で黒いスーツを着ているため、その姿は判然としない。

「吉川さん、お迎えに参りました」

一団の中から現われたのは、阿久根だった。

「私に構わないでくれたまえ」

吉川は毅然《きぜん》とした態度で、阿久根を手で払いのけようとする。

「あんたに勝手な行動をされると困るんだよ」

言いざま、阿久根は吉川の腕を摑んだ。すかさず男たちが吉川を囲む。

「阿久根、よさないか」

阿久根の頭上から、ひらりと白いものが飛び降りてきた。狐面の男である。

吉川に詰め寄っていた男たちが、慌てて散った。

狐面は阿久根の腕を引き剝《は》がし、吉川を背後に隠した。

「お稲荷様のお使いか何か知らないけれど、邪魔しないでくれないか。何も吉川頭取の命を取ろうというんじゃない。俺は、吉川頭取がこの稲荷を信仰していることを知っていた。ここで待っていれば来ると思っていたんだ。するとその通りになった。頼むよ。ちょっと話をするだけだ」

阿久根は苦笑いを浮かべた。

「私は、もうお前たちの言う通りにはならない」

狐面の背後から、吉川が声を張り上げた。

「吉川さん、大人しく我々と一緒に行動しましょう。そのほうが銀行のためだ」

阿久根が手を差し出した。狐面がその手を掴む。

「吉川さんに手を出すな」

狐面の下から低い声が響いた。

「仕方がない。やれ」

阿久根の指示を受けた男たちは、それぞれ手に持った鉄製の警棒を掲《かか》げた。まともに殴《なぐ》られたら、頭蓋骨《ずがいこつ》が陥没《かんぼつ》するだろう。

「キエーッ」

男たちは一斉《いっせい》に奇声を発し、狐面に飛びかかってきた。

狐面は吉川をかばいつつ、二本、三本と振り下ろされる警棒を巧みに避ける。

「頭取、こちらへ来てください」

参道の石燈籠《いしどうろう》の背後から、女性の声が飛んできた。香織と美由紀である。

吉川は主水の背後から離れ、二人の傍に這《は》うようにして近づいた。

「君たち、どうして」

吉川が青い顔で聞く。

「頭取を助けるために、あの方に言われて」

香織が狐面を指さした。

「そんなことより頭取、こちらへ」

美由紀が吉川の手を摑む。

「あの石段を下りると、道路に出られます。そこにタクシーを待たせてあります。急ぎましょう。もうすぐ十時です」

「わかった」

勇気を奮い起こした吉川は、美由紀に手を引かれ、香織に背後を守られながら、急ぎ足で高田稲荷の脇参道を駆け降りた。

「あの方は来られますか？」

「必ず来られます。頭取をお守りするために」

吉川の問いに、美由紀が力強く断言した。

「高田町稲荷様は、いつでも頭取を見守ってくださっています」

香織も背後を警戒しながら微笑む。

「そうですね」

吉川は安堵《あんど》した表情でタクシーに乗り込んだ。

「あっ、あの野郎め」吉川の逃走に気づいた阿久根が追いかけようとした。

咄嗟《とっさ》に狐面は、倒したばかりの男の警棒を拾い、阿久根めがけて投げつける。

「あっ、痛っ！」

警棒は、阿久根の肩を直撃した。阿久根は肩を押さえて蹲《うずくま》り、狐面を恨《うら》めしげに睨む。

黒スーツの男たちの内、数人は既《すで》に倒されていた。

腹を押さえて苦しむ者、顎を砕かれて悶絶《もんぜつ》している者、仰向《あおむ》けに倒れている者もいる。

もはや狐面と向き合っているのは、阿久根の他には二人だけだった。

その二人も、ほとんど戦う気力をなくしている。ただ警棒を前に突き出し「えい、えい」と意味のない声を上げているだけだった。時折、撤退の指示を待つかのように阿久根の横顔を盗み見ている。

「貴様ら、逮捕する!」

その時、境内《けいだい》に怒声が響いた。高田署の木村刑事が駆けつけたのである。

黒スーツの男二人が動揺し、逃げ出した。

「ちっ。また邪魔が入った。お稲荷様、決着はまた後日だ」

阿久根は憎々《にくにく》しげに言い捨てると、肩を押さえながら黒スーツの後を追う。その姿はあっという間に、暗闇の中に消えていった。

「お稲荷様、早く。次が待っていますよ」

木村は狐面を見上げて言った。

「行きましょう。奴らの悪だくみは、この稲荷が許しません」

6

港《みなと》区高輪《たかなわ》の一角に、鬱蒼《うっそう》とした木々で囲まれた屋敷があった。五、六メートルもある鉄製の門は、まるで西洋の王宮のようなデザインである。向かって右側の門扉《もんぴ》は昇る太陽を、左側の門扉は実る稲穂を象《かたど》っていた。この館が一陽来復《いちようらいふく》の故事から『一陽閣』と呼ばれる由縁《ゆえん》である。

吉川を乗せたタクシーが近づくと、門扉は自動的に開いた。建物の中から遠隔操作しているのである。

門を潜って前庭を行くと、ギリシャ風の丸くたおやかに磨《みが》かれた大理石の柱が見える。

「初めて来たわ」

助手席で香織が興奮気味に言った。

「私は二回目。一度、頭取とご一緒させていただきました」

香織の後ろに座る美由紀は、少し得意げな様子だ。

「第七明和銀行の迎賓館『一陽閣』です。本来は重要なお客様を接待するための建物ですが、今夜は違います。門は開けたままにしておきましょう。後から来られるお方のために……」

運転席の後ろで吉川は覚悟を固めたように、厳しい表情を作った。

香織と美由紀も硬い表情で力強く頷く。タクシーは三人を乗せて、滑るように玄関前に横づけされた。

7

『一陽閣』の一室に、木下、秋田、沼尻、そして大手ゼネコン須藤組の桑田専務が集まっていた。贅沢《ぜいたく》な料理に舌鼓《したつづみ》を打ち、ワインを飲んでいる。

「どうも、うちの吉川が、私どもの関係を快《こころよ》く思っていないようで、気がかりであります」

表情を翳《かげ》らせた木下が呟いた。

「ははは、頭取ごときは木下さんが、また取り換えればよろしいでしょう」

秋田が豪快に笑う。

「なかなかそういう訳にもいかないもので、苦慮いたします」

木下は苦笑した。

「吉川さんが邪魔をしないように、うちの阿久根が手を打つと思います」

沼尻が上体を仰《の》け反《ぞ》らせた。木下と秋田が、眉根を寄せつつ頷く。

「お陰様で、私たち大手ゼネコンがポスト二〇二〇問題で結束することの合意ができつつあります」須藤組の桑田専務が厭《いや》らしげに指で〇を作った。「まだ一社か二社、ぐらついていますが、もう一押しすれば大丈夫でしょう。しかし秋田先生と沼尻先生に工事費の三％を上納するのは、ちと痛いですな」そう言って、ちらりと横目で秋田を見る。

「まあ、しかし、それは町田に渡る分もあるわけでね。奴が満足しないと工事は順調に行きません。どんな事故が起きても、それは事故だ。原因も分からぬまま工事費が膨らんでいく。そのことを考えれば安い物でしょう」

秋田が口角を歪める。笑っているのだ。

「秋田先生のおっしゃる通りです。私らは町田の指図通りに動かざるを得ない。これは昔からのことですがね。しかし気にかかることがありましてな」

くるくるとワイングラスを回す沼尻の表情は冴《さ》えなかった。

「どうかされましたか」

木下が聞くと、ワインをぐいっと飲んだ沼尻が、木下を上目遣《うわめづか》いに見つめた。

「第七明和銀行の樋口が自殺して以来、どうも私たちの動きをこそこそ調べ回っている連中がいる。樋口のこと、木下さん、ご存じでしょう」

ワイングラスを持つ木下の手が細かく震えていた。木下はもう一方の手をグラスに添え、ようやく震えを抑える。

「さあ、存じませんなぁ」

木下がとぼける。

「秘書の阿久根が、目障《めざわ》りな連中を何とかすると申しておりましたが、実は、私もやられましてね」

沼尻が話を続けた。

「誰にやられたんだね」

沼尻の話を聞きとがめた秋田の表情に不安がよぎる。

「それが……狐」

沼尻が打ち明けた時、部屋の明かりが消えた。

「あっ、停電か？　どうした？　誰かいないのか？」

真っ先に木下が立ち上がる。部屋の戸を開け、庭に面した廊下に出た。

部屋の内を照らしているのは、広大な庭園に点在する庭園灯だけである。

庭園の池に渡した石橋の上に、白装束の男が立っていた。背を向けていて、顔は見えない。

「誰だ、お前は。おい、答えろ！」

白装束の男を指さし、木下が叫んだ。

しかし、全く反応がなかった。木下の背後には秋田、桑田、沼尻が隠れるように潜んでいる。

「あっ、あの、あの狐だ」

沼尻が腰を抜かしたのか、その場にくずおれた。

白装束の男が振り向くと、狐面が露《あら》わとなった。

「き、狐」

慄《おのの》いた秋田と桑田が、同時に声を上げる。

「貴様、ここをどこと心得る」

木下が気力を振り絞るようにして叫んだ。

白装束は、石橋をまるで宙に浮かんでいるかのように、ひらりひらりと進む。

「私は、高田町稲荷神社の使いの者。この場所は、金に目がくらんだ貴様らが悪だくみをする場所と心得ている。そんな奴らをお稲荷様は許さない」狐面は大きく見栄《みえ》を切ると「一番の悪は木下さん、あなただ」と木下を指さした。

木下はまるで金縛りに遭ったかのように、微塵《みじん》も動くことができずにいた。

「何を言うか」

木下が恐怖に震えながら、掠《かす》れた声を張り上げる。

「高田通り支店の樋口一郎さんが亡くなった。あなたの息子だ。あなたは、樋口さんの悲しみを知っているはずだ。樋口さんはあなたに迫った。『僕の父であることを認めてくれ』とね。あなたはそれを拒絶した。樋口さんは長い間、自分の本当の父親を捜していた。それは自分の生きる意味、自分の生きる場所を見つけるためだ。そしてようやくあなたに行きついた。しかしあなたに拒否された。樋口さんが、あなたが行なおうとしていた談合の秘密を知っていたばかりに。樋口さんは、あなたにこう問いかけたのだろう。『私は、いったい何者ですか。私はなぜ生まれてきたのですか。私の生きる意味を教えて欲しい』木下さん。あなたはきっと、無慈悲《むじひ》にもこう答えたのだろう。『お前に生きる意味などない。お前は存在しないはずの人間だった。私の目の前から消え去れ』。樋口さんは、自分を責《せ》めた。本当の父親に生きる意味、自分の存在理由を聞いてしまったことを悔やんだ。激しく後悔した。そして生きる気力を失った。『私は悪い人間です』。彼のダイイング・メッセージは、あなたに対する樋口さんの謝罪なのだよ。あなたに血縁関係を認めるよう迫ったこと、あなたの悪事を告発しようとしていることに対する謝罪なのだよ。高田町稲荷は、泣いている。樋口さんの悲しみに血の涙を流して、泣いている。今夜、お稲荷様はあなたを許さない」

狐面は、いつの間にか木下のすぐそばに立っていた。

「誰か、誰か」

木下は正体を失《な》くしたように叫ぶ。

「相談役、もうおしまいです。あなたを司直の手に委《ゆだ》ねざるを得ません」

狐面の背後から、吉川が現われた。

「よ、吉川！　お前、グルなのか。この狐と」

木下の顔は恐怖、怒り、嘆《なげ》きといった感情に搔《か》き乱され、醜《みにく》く歪んでいる。

「吉川頭取がなぜここに来るんだ。阿久根の奴は失敗したのか」

沼尻が、慌てて部屋から逃げ出そうとした。

「おっと、沼尻さん。お待ちなさい」

沼尻が部屋から廊下に出たところで、新たな影が両手を広げて逃げ道をふさいだ。木村刑事である。

「警視庁高田署の木村だ。お前らを、第七明和銀行行員、樋口一郎に対する自殺教唆《きょうさ》の疑いでしょっ引く。その場を動くな。動くと公務執行妨害が加わるぞ」

木村の怒声が夜の庭に響いた。

「何なんだよ。樋口なんて知らないぞ」

桑田が慌てふためき、喚《わめ》いている。

「うるせぇ。ガタガタするんじゃない。てめぇを逮捕するにあたっては、本筋の案件を用意しているから心配するな。とりあえず今は別件だ」

木村はますます声を荒らげた。桑田は放念したかのようにその場にへたり込む。

「木下相談役」吉川は木下に呼びかけた。その後ろには狐面が控えている。そして香織も美由紀もいる。吉川は彼らに力を得て、木下と対峙《たいじ》していた。

「こんなことをして、タダで済むと思っているのか」

木下が満腔《まんこう》の怒りを吉川にぶつける。

「あなたは自分の息子である樋口の存在を認めず、彼を死に追いやりました。彼と一緒に泣いてやってもいいではありませんか。そして彼の供養のためにも、町田と縁を切りましょう」

吉川が落ち着いた口調で言った。

「お前、殺されるぞ。町田に」

木下が怯えて声を潜める。

「私は死んだっていいと思っています。私が死ぬことで第七明和が良い銀行になるのなら、喜んでこの命を投げ出します」

吉川が一歩踏み出し、強い口調で言いきった。

「木下さん、この写真を見なさい」

狐面が、木下の眼前に写真を突き出した。そこには笑顔の樋口が写っていた。

木下は、へなへなと腰からくずおれて、その場に座り込んだ。

木下の前に、香織と美由紀が一枚の段ボール板を置いた。それには『私は悪い人間です』と書かれていた。

「それは、樋口さんが亡くなった時、首から提げていたものだ。その板は、お前の首にかけるのが相応《ふさわ》しい」

狐面が激しい口調で責めた。

木下はがくりと項垂れ、段ボール板を持ち上げると「済まない。許してくれ」と声に出して泣き始めた。

遠くから、徐々にパトカーのサイレンが聞こえてきた。木村が呼んだものだろう。

8

主水、木村、香織、美由紀の四人は、揃って神無月の病室に来ていた。

「なかなか大変でしたね。でも、お陰で銀行の掃除ができたのではないかと思います」

まだ足にはギプスが巻かれ痛々しいが、神無月の表情は明るかった。

「詳しく教えてください、主水さん。何だか、あれよあれよだったので」

香織が不満そうに口を尖《とが》らす。

「そうですよ。どうして樋口さんが木下相談役の子供だって分かったのですか」

美由紀も同調した。

「あのさ、それは俺が説明するとな」木村が話に割って入った。「あの甚幸建設の桜庭を逮捕したことから、全ての糸がつながったんだ。桜庭は、かつて総会屋の曾谷を車で撥《は》ねて殺した。町田に頼まれてな。なぜ曾谷は殺されたのか。それには複雑な理由がある。その昔、曾谷が吉川に頼まれて、木下と関係のあった女子行員を始末させようとしたからだよ」

曾谷と吉川は大学の同期で、仲が良かった。そこにつけこんだ木下が、面倒な存在になってしまった不倫相手の女子行員と隠し子の始末を、上司という立場を利用して吉川に命じたのである。

——曾谷に頼んで何とかしろ。

しかし、曾谷はあくまでインテリ総会屋だ。女と子供の始末などできなかった。躊躇《ちゅうちょ》している間に、女は交通事故で死んでしまう……。

「女子行員の死には、桜庭は関与していないというから、全くの偶然かもしれない。または町田が、木下のことを忖度《そんたく》して殺ったのかもしれないな。いずれにせよ急な事態に慌てた曾谷は、孤児となった子供を、沼尻が関係している落合の養護院に預けたのだ」

曾谷は強《したた》かだった。女を殺したのは町田一徹だと疑い、脅したのである。彼なりに計算があったのだろう。町田の影響下から逃げ出したかったのかもしれない……。

「この時、養護院に預けられたのが樋口ってわけだ」

木村は、ここまで間違いないなと確認するように主水を見た。主水は頷く。

「全てはバブル時代の爛《ただ》れた遺産ですね」

神無月が呟いた。

「そうです」主水が答えた。「ここから町田に取り込まれた木下が出世し、第七明和銀行の頭取になっていきます。私たちが主導した銀行改革によって相談役に退《しりぞ》きましたが、吉川頭取は、木下相談役の影響を強く受けたままでした。木下相談役は、町田からポスト二〇二〇での利権の相談を受けるのです。オリンピック後の建設需要《じゅよう》が減少することに、建設業界は大きな危機感を抱いていました。しかし建設業界が集まれば、談合で摘発されます。そこで銀行の相談役がフィクサーになれば、公正取引委員会の目もごまかせると考えたのでしょう。ここに町田が加わって、ひと儲《もう》けしようと悪だくみを考えたのが、樋口さんの死につながったということです」

「樋口さんは、沼尻都議や斎藤譲、桜庭といった人たちと接触する内に、木下らの悪だくみを知ったわけですね。そして自分と血のつながった父親が、木下相談役であることも……」

香織が言った。主水は首を縦に振る。

「ええ、おそらく秋田議員の秘書である斎藤譲から教えられたのでしょう。彼は沼尻の秘書もしていましたから。そして談合の件では『いい儲けになるからお前も一口関与しろ』とでも言われたのでしょう。でも樋口さんは断わり、父である木下相談役の間違いを正そうとしたのです。実は、木下相談役の机の中から、樋口さんの手紙が出てきました」

主水が悲しげに言った。

「本当ですか」

香織と美由紀が同時に声を上げた。

「ええ。『父であることを認めて欲しい。そして、あなたを告発せざるを得ないかもしれない』……そう書かれていました。やっと見つけた父を、告発することになるかもしれない……。樋口さんの悩みは、いかばかりだったでしょう。手紙を読んだ木下は、あるいは町田に相談したかもしれません。真相は分かりませんがね。樋口さんは結局、父である木下を告発することができず、悩んだ末、あのような死を選んだのです」

主水の目に涙が滲んだ。

「実の父を告発しようと考えてしまった……私は悪い人間です……」

美由紀が沈んだ声を漏《も》らした。

「あの奇妙なメッセージが木下に届けば、自分で自分の道を正すのではないかと、樋口さんは期待したのかもしれないな」

神無月が言った。

「吉川頭取はどうなるのでしょうか」

美由紀が心配そうに尋ねた。

「大丈夫だよ」木村が怖いほど真面目な顔で答えた。「吉川は、今回の談合には全く関与していない。むしろ反対していたんだ。しかし、木下に命じられたとはいえ、曾谷と相談して、樋口の母親である女子行員と樋口を木下の眼の前から消してしまおうとしたことはこれからも、ずっと彼を苦しめることになるだろうな。結局、曾谷は何もしなかった。むしろ樋口を養護院に預けて助けたわけだが……そのことは吉川も知っていたんだ。樋口を銀行に入れたり、いろいろと陰で世話をしていたようだな。それはともかく今回の事件で心残りなのは、阿久根を取り逃がしたことだ。奴は結局、どこかに姿をくらましやがった」

「今回の教訓は、誰も過去からは逃げられないってことだよ。泣きたいほど悲しいがね」

神無月が天井を仰いだ。

「叔父さん、かっこいいことを言うじゃない」

香織が感心して、思わず足のギプスを叩いた。

ガツッと鈍い音がする。

「痛い！」

神無月が悲鳴を上げ、足を跳ね上げた。

「叔父さん、ごめんなさい」

香織が小さく舌を出し、両手を合わせた。

「神無月さんの入院、長引きそうですね」

病室に、主水の笑い声が響いた。

（この作品は、『小説ＮＯＮ』（小社刊）二〇一七年十一月号から二〇一八年四月号に連載され、著者が刊行に際し加筆・修正したものです。また本書はフィクションであり、登場する人物、および団体名は、実在するものといっさい関係ありません）

庶務行員　多加賀主水が泣いている

一〇〇字書評

切・り・取・り・線

購買動機（新聞、雑誌名を記入するか、あるいは○をつけてください）	
□（　　　　　　　　　　　　）	の広告を見て
□（　　　　　　　　　　　　）	の書評を見て
□ 知人のすすめで	□ タイトルに惹かれて
□ カバーが良かったから	□ 内容が面白そうだから
□ 好きな作家だから	□ 好きな分野の本だから

・最近、最も感銘を受けた作品名をお書き下さい

・あなたのお好きな作家名をお書き下さい

・その他、ご要望がありましたらお書き下さい

住所	〒				
氏名		職業		年齢	
Eメール	※携帯には配信できません		新刊情報等のメール配信を 希望する・しない		

この本の感想を、編集部までお寄せいただけたらありがたく存じます。今後の企画の参考にさせていただきます。Eメールでも結構です。

いただいた「一〇〇字書評」は、新聞・雑誌等に紹介させていただくことがあります。その場合はお礼として特製図書カードを差し上げます。

前ページの原稿用紙に書評をお書きの上、切り取り、左記までお送り下さい。宛先の住所は不要です。

なお、ご記入いただいたお名前、ご住所等は、書評紹介の事前了解、謝礼のお届けのためだけに利用し、そのほかの目的のために利用することはありません。

〒一〇一―八七〇一
祥伝社文庫編集長　坂口芳和
電話　〇三（三二六五）二〇八〇

祥伝社ホームページの「ブックレビュー」からも、書き込めます。

http://www.shodensha.co.jp/bookreview/

祥伝社文庫

庶務行員《しょむこういん》　多加賀主水《たかがもんど》が泣《な》いている

平成30年7月20日　初版第1刷発行
平成31年2月5日　　　　第2刷発行

著　者　江上《えがみ》　剛《ごう》

発行者　辻　浩明

発行所　祥伝社《しょうでんしゃ》
東京都千代田区神田神保町3-3
〒101-8701
電話　03（3265）2081（販売部）
電話　03（3265）2080（編集部）
電話　03（3265）3622（業務部）
http://www.shodensha.co.jp/

印刷所　萩原印刷
製本所　ナショナル製本
カバーフォーマットデザイン　芥 陽子

Printed in Japan ©2018, Go Egami ISBN978-4-396-34435-1 C0193

〈祥伝社文庫　今月の新刊〉

江上　剛

庶務行員　多加賀主水《たかがもんど》が泣いている

死をもって、銀行員は何を告発しようとしたのか？　雑用係がその死の真相を追う！

東川篤哉

ライオンの歌が聞こえる

平塚おんな探偵の事件簿2

獰猛な美女探偵と天然ボケの怪力助手。最強タッグが謎を解くガールズ探偵ミステリー！

西村京太郎

特急街道の殺人

越前と富山高岡を結ぶ秘密——十津川警部、謎の女「ミスM」を追う！

沢里裕二

六本木警察官能派

ピンクトラップ捜査網

ワルいヤツらを嵌めて、美人女優を護る。これが六本木警察ボディガードの流儀だ！

鳴神響一

飛行船月光号殺人事件

謎ニモマケズ

犯人はまさかあの人——？　空中の密室で起きた連続殺人に、名探偵・宮沢賢治が挑む！

長谷川卓

空舟《うつろぶね》

北町奉行所捕物控

正体不明の殺人鬼《絵師》を追う最中に現れた敵の秘剣とは？　鷲津軍兵衛、危うし！

小杉健治

夢の浮橋

風烈廻り与力・青柳剣一郎《あおやぎけんいちろう》

富くじを手にした者に次々と訪れる死。庶民の夢、富くじの背後にいったい何が——？

野口　卓

師弟

新・軍鶏《しゃも》侍

老いを自覚するなか、息子や弟子たちの成長を見守る源太夫。透徹した眼差しの時代小説。